우리, 학교에서 만납시다

짱구쌤의 세상에 없던 학교 이야기

# 우리, 학교에서 만납시다

글, 그림 이장규

**초판 1쇄 인쇄** 2024년 2월 16일
**초판 1쇄 펴냄** 2024년 2월 26일

**펴낸이** 박종암 | **펴낸곳** 도서출판 르네상스
**출판등록** 제 2020-000003호
**주소** 전라남도 구례군 구례읍 학교길 106, 201호
**전화** 061-783-2751 | **팩스** 031-629-5347 | **전자우편** rene411@naver.com
**편집** 김태희   **디자인** 아르떼203
**함께하는 곳** 두성피앤엘, 월드페이퍼, 도서유통 천리마

ISBN  979-11-93880-00-5 03810

짱구쌤의 세상에 없던 학교 이야기

# 우리, 학교에서 만납시다

글, 그림 이장규

르네상스

## 일러두기

*국립국어원의 한글 맞춤법 및 표준어 규정에 따라 표기하였다. 다만 두루 쓰는
 별칭이나 입말, 방언, 교육계 용어는 저자의 뜻에 따라 그대로 실었다.
 예) 쌤, 짱구쌤, 임가이버, 혁신학교, 미래학교 등

*이 책에서 '용방'은 '용방초등학교'를 가리킨다.

펴내며

　나는 전남 구례 용방초등학교에서 지난 4년간 '내부형 공모 교장'으로 일했다. 교감을 거치지 않고 공모 절차를 통해 교사에서 곧바로 교장이 된 이른바 '무자격 교장'이다. '내부형 교장 공모제'는 교사, 교감, 교장으로 이어지는 기존 승진 체제의 변화를 위해 교장 자격증이 없는 교사에게도 교장에 공모할 기회를 주는 제도로 학교 현장의 호응과 비판을 동시에 받으며 10여 년째 시행되고 있다. 새로운 리더십 구축을 통해 민주적인 학교 문화 형성에 이바지했다는 긍정적인 평가와 함께 '무자격 교장의 양산', '특정 교원 단체의 전유물'이라는 비판도 있었다. 전남 지역에서는 전체 학교의 2% 정도에서 시행 중이다.

'비정규직 기간제' 교장의 하루는 교문 앞 아침맞이로 시작한다. 첫 통학차가 도착하는 시간에 맞춰 라디오와 연결한 블루투스 스피커로 클래식 음악을 틀어 놓고 교문에서 아이들을 기다린다. 유치원생 포함 전교생 70여 명이 다 등교할 때까지 한 명 한 명 손바닥을 마주치며 인사를 나눈다. 학교는 세상에서 가장 안전하고 즐거운 곳이어야 한다고 늘 생각해 왔고, 아침맞이는 그 오랜 바람의 실천이다.

우리 학교 아이들은 나를 '짱구쌤'이라고 부른다. 그렇게 부르면 교장의 권위가 떨어지고 아이들 버릇이 없어질 거라는 어른들의 기우는 접어야 한다. 아이들은 누구보다 사리 분별을 잘한다. 이름(장규)과 외모(볼록한 뒤통수)에서 떠올린 '짱구쌤'이라는 별명에는 아이들과 거리를 가깝게 하는 마법의 힘이 있다. 교장실에 '누구라도 교장실'이라는 별칭을 붙인 것도 그런 마법의 힘을 믿어서다. 2교시가 끝나면 '누구라도 교장실'에서 예약한 아이들과 우아하게 차를 마신다. 남자친구, 케이팝, 수업 이야기가 끝없이 이어지는 동안 나는 그냥 차를 대접하며 웃어 주면 된다. "짱구쌤, 오늘은 무슨 차예요? 김칫국물 맛이 나네요." "보이차야." "그럼 남자만 먹어요?"

일주일에 네 시간 정도 수업을 한다. 30년간 해 오던 일이 수업이니 교장이 되었다고 멈출 이유는 없다. 교과와 시간을 담임선생님과 협의하고 체육, 국어, 실과, 창체(창의적 체험활동) 등 다양한 수업을 진행한다. 놀이, 실내화 빨기, 서시천 산책하기, 그림책 읽어 주기 등 재미와 의미를 주고 싶은 수업들이다. 수업을 통해 내가 배우며 가르치는 사람이라는 사실을 새삼 확인한다. 본연의 역할에 지장을 주지 않는 범위에서 하는 교장의 수업 참여는 좋은 점이 많다. 정기적인 수업을 통해 교실과 학생들을 가장 잘 이해할 수 있는 통로가 생기고, 교사들의 어려움도 잊지 않게 된다. 지난해 가을에는 1학년 아이들과 자전거 타기 수업을 했다. 우리 학교의 대표 교육 활동 중 하나인 '섬진강 자전거 마라톤'에서 1학년 아이들이 완주할 수 있도록 지도하는 게 목표였다. 아이들과 달리면서 맞은 시원한 강바람의 감촉이 지금도 생생하다.

제주도 그림책 작가 니카는 "해녀는 페미니스트다. 그것을 증명할 필요도 없다. 그들은 누구보다 강인하기 때문이다." 라고 했다. 나는 이렇게 말하고 싶다. "교사는 휴머니스트다. 그들은 아이들의 오늘과 내일을 믿는다. 그것은 증명할 필요가 없다." 사실 교사 시절, 나는 내가 휴머니스트라는 사실을 증명하는 데 너무 많은 에너지를 썼다. 교장이 교실의 교육력을 믿고 전적으로 지원하면 아이들과 교사는 배움과 열정으로 화답한다. 책임을 지거나 결단이 필요할 때는 계급장 뒤에 숨지 않아야 하고, 함께 지혜를 모을 때는 계급장 떼고 치열해야 한다.

아이들에게 학교 안에 존재하는 모든 어른은 선생님이다. 수업하는 교사뿐 아니라 교무와 행정, 급식과 안전을 담당하는 모든 교직원은 다 선생님이다. 그래서 우리는 성장하는 일을 멈출 수 없다. 모든 교직원과 전문적 학습공동체를 만들어 학교 건축과 생태교육을 공부한다. 정기적인 '수업 나눔(공개 수업)'을 통해 교실을 열어 교사의 교수법 너머 아이들의 배움을 이야기한다. 교장은 꼼꼼하게 관찰하여 어려운 부분을 지원하면 된다. 우리가 세운 목표를 다 이룰 수 없다고 해도 어제보다 더 나은 사람은 될 수 있다. 우리는 그렇게 함께 성장한다.

운동장 너머 노고단이 보이고 울타리를 따라 섬진강 지류인 서시천이 흐르는 아름다운 학교에서 근무하는 행운을 4년째 누리고 있다. 2년 후에는 이토록 아름다운 풍경에 딱 어울리는, 세상에 하나뿐인 학교가 새로 지어질 예정이다. 긴 복도와 사각형 교실을 허물고 천창과 거실, 툇마루와 목

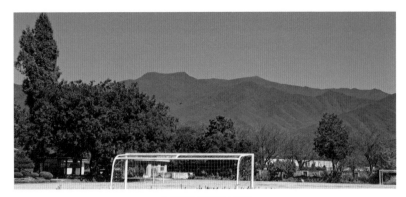
운동장에서 바라본 노고단

조 지붕이 있는, 집만큼 편안하고 아늑한 새로운 학교를 지을 것이다. 교육부의 '학교 단위 공간혁신 사업' 공모에 지원하여 선정되었기 때문이다. 공모를 준비하며 지난 30년간 교사로 살면서 꿈꿨던 학교 건축에 대한 바람을 남김없이 쏟아 내어 동료들과 의견을 나누었다. 그렇게 공모에 선정된후 지난 3년간 모든 용방 가족들이 머리를 맞대고 설계를 함께했다. 어떤 뛰어난 개인도 집단 지성을 넘어설 수는 없다. 10년 전, 전교생 17명으로 폐교 위기였던 용방은 소멸의 위기를 넘어 지금까지 달려왔고 이제 새로운 도약을 앞에 두었다.

훌륭한 교사가 훌륭한 교장이 된다고 믿는다. 상반된 평가 속에서도 교사에게 교장에 공모할 기회를 주는 제도가 존속되어야 하는 이유는 분명하다. 새로운 리더십에 대한 기대 때문이다. 리더십은 자격증으로 부여되기도 하지만, 그것에만 기대기엔 학교와 지역이 몹시 위태롭다. 우리는 선의의 경쟁을 해야 한다.

이 책에는 내가 용방초등학교에 공모 교장으로 부임한 2020년부터 4년 동안 쓴 글과 직접 그린 그림을 실었다. 대부분 〈짱구쌤 용방살이〉에 실었던 글과 그림이다. 〈짱구쌤 용방살이〉는 28년간 빠트리지 않고 펴냈던 학급신문 《어깨동무》를 교장이 되면서 못 만들게 되어 그 대안으로 달마다 만든 자그마한 소식지다. 서툰 그림 실력이 좀 부끄럽지만, 텅 빈 교장실의 저녁을 밝혀 준 시간이 고스란히 담겨 있다. 2020년과 2021년에 쓴 글이 적은 이유는 계절마다 학교 소식지인 《용방 어깨동무》를 발행하느라 에너지를 사용했기 때문이다.

중간중간에 실은 〈수업 이야기〉는 동료 선생님들의 공개 수업을 참관하고 쓴 글 중에서 고른 것이다. 체크리스트나 주례사 같은 비평 몇 줄 적는 익숙한 수업 평가에서 벗어나고 싶어서 쓴, 수업을 공개해 준 선생님들께 보내는 애정 어린 편지쯤 된다.

많은 분의 응원과 도움으로 어쩌다 교장을 그럭저럭하고 있다. 초보 교장을 견디며 열정을 사르는 용방 교직원들께 가장 큰 고마움을 전한다. 당신만 한 교장은 없다며 무조건 치켜세워 주는 아내와 듬직한 두 아들에게도 고맙다. 멋진 남편과 아빠가 되어야겠다는 마음으로 글을 썼다. 그리고 무엇보다 '흐르는 빵(맥주)'과 음악에도 고맙다. 그것들이 없었다면 이 책은 나오지 못했을 것이다. 끝으로, 내부형 공모 교장 4년을 기록으로 남기고 싶다는 시골 학교 교장의 거친 글을 다듬어 출판해 준 김태희 편집장과 박종암 대표께도 고마움을 전한다. 원 없이 4년을 보냈고 책이 나왔다. 홀가분하다.

차례

**둘**

**셋**

넷

다
섯

하
나

# 코로나, 지금은 □□하기 딱 좋은 때

운동장 서편에 있는 데크 쉼터에 앉으면 저 멀리 안테나 두 개가 선명한 노고단이 보인다.
봄엔 초록이 올라가고 가을엔 단풍이 내려온다.

'흑사병', '마마' 등 역사책에서나 보았던 전염병 사태가
2020년 우리 사회를 덮쳤다. 교육계도 예외는 아니어서 개학
3주 연기와 휴업, 긴급 돌봄, 아이들 없는 3월 등 전례 없던
일들이 줄줄이 이어졌다. 전혀 예상치 않았던 일들이기에 학
교는 혼란 속에서 그 여파를 따지며 조심스럽게 지켜보는 중
이다. 하지만 전시에도 학교는 열렸고, 둘째가라면 서러울 교

육열과 상상력을 지닌 우리가 이 시기를 그냥 무기력하게 넘길 수는 없다.

신종 전염병 코로나19가 우리 사회에 어두운 그림자만 드리웠을까? 모든 일에는 명암이 있게 마련이니, 그렇지만은 않을 것이다. 그림자야 연일 언론과 SNS에서 활개를 치고 있으니(해외 언론의 평가와는 사뭇 다른 양상이지만) 따로 이야기할 필요는 없을 듯하고, 개인적으로 생각하는 빛을 찾아보고자 한다.

## 지금은 교육하기 딱 좋은 때

독일의 메르켈 총리는 코로나 위기를 거론하며 "우리의 연대와 이성이 시험대에 올려져 있다. 우리는 이 시험을 통과할 것을 희망한다."라고 했다. 그렇다! 지금은 마스크를 양보하고 사재기를 하지 않는, 인간의 이성과 연대를 교육해야할 때다. 전체주의와는 확연히 비교되는 민주주의 체제의 투명성과 공공성을 교육해야 하며, 국가의 역할과 시스템을 이야기해야 한다. 아울러 비이성적인 종교 편향의 문제점과 복지국가 모델의 이해, 정보통신과 과학의 사회 기여를 교육하기에 이보다 더 좋은 시기는 없다.

## 지금은 **살아있는 역사** 배우기 딱 좋은 때

아이들은 지금 역사책 속에서 잠들어 있던 '국난'을 체험하고 있다. 박제된 역사가 아니라 생생하게 살아 있는 역사 속에서 관찰자가 아니라 직접 고통을 나누고 욕망을 억제하며 위기를 극복해 가는 과정에 참여자로 함께하고 있다. 현대사의 주요 변곡점인 6·25, 4·19, 5·18, 6월 항쟁을 겪은 세대와 그렇지 못한 세대의 간극을 우리는 잘 안다. 동시대에 국난을 극복해 가는 역사를 함께 건너는 경험은 무엇과도 바꿀 수 없는 연대감을 만들어 줄 것이다. 동질감, 교감이 교실에서, 가정에서, 사회에서 자연스럽게 만들어질 것이다.

이순신, 세종대왕처럼 먼 곳에 따로 존재하는 영웅이 아니라 우리 시대 곳곳에 숨어 있는 보통의 영웅들을 만날 수 있다. 험지에서 분투하는 의료인들과 공무원, 자원봉사자, 스스로 위기 시스템에 복무하는 시민들을 보며 아이들은 이름 없는 의병과 백성들이 지킨 나라를 깊이 이해할 것이다.

## 지금은 **자기를 돌아**보기 딱 좋은 때

'사회적 거리 두기'라는 말이 유행이다. 곧 다시 '인간적 거리'에 익숙해지겠지만 필요 이상의 관계와 만남을 돌아보는 것은 분명 의미 있는 시간이다. '마당발'과 '오지랖'으로 대표되는 무분별한 관계 과잉을 경계하고, 나를 지키고 서로를 존중하는 적절한 만남과 관계를 재설정한다. 다행스러운 일이다. 퇴근 후 꽉 찬 아파트 주차장이 조금은 낯설지만, 가족과 혹은 자기만의 시간을 보내는 게 얼마나 오랜만인가. 자신이 좋아하는 것에 집중하고 그간 부족했던 것을 채우는 기회라 생각한다.

"유럽은 분명 어려울 것이다. 내가 생각하지 못했던 일이 분명히 생길 것이다." 2002년 월드컵 4강의 주역, 이영표는 이렇게 말하고 낯선 유럽 무대에서 성공했다. 이번 사태로 학교는 분명 어려울 것이다. 우리가 생각하지 못했던 일들이 분명히 생길 것이다. 전혀 경험해 보지 못한 뜻밖의 일이 생기면 새로운 길이 열린다. 새로운 인연과 관계가 만들어지고 나는, 우리는 더 넓고 깊어질 것이다.

2020년 3월 25일

# 세상에 없던 학교

팽나무 정원 예상도. 넓은 잔디 광장을 만들고 근사한 공연장을 곁에 둔다.
교실에서도, 도서관에서도, 제일 잘 보이는 곳에 팽나무가 있다.

학교 건물은 저층화되고 분절되어야 한다. 아이들은 사람 몸의 50배 정도 크기의 주택 같은 교사가 여러 채 있고 그 앞에 다양한 모양의 마당이 있는 공간에서 커야 한다. 그래서 1학년 때는 삼각형 모양의 마당에서 놀다가, 2학년이 되면 연못 있는 마당에서 놀고, 3학년이 되면 빨간색 경사 지붕이 있는 교실 앞마당에서 놀 수 있어야 한다. 그래야 이 아이들이 다양하고 아름다운 추억을 가진 정상적인 인격으로 클 수 있을 것이다.

－《어디서 살 것인가》, 유현준, 을유문화사, 2018

사실 오래전, 처음 교사 발령을 받았을 때부터 학교 건축에 대한 갈망이 있었다. 집을 지었던 아버지 때문인지는 모르겠으나 공간에 민감해서 학교 공간을 바꾸고 싶은 생각이 절실했다. 그 마음은 이곳 용방에 와서도 마찬가지여서 넓디넓은 교정을 차지하는 다 낡은 건물을 그대로 둔 채로 새로운 학교를 꿈꾼다는 게 아무래도 마음에 걸렸다.

다행히 열정을 가진 동료들을 만났고, 때마침 교육부의 '학교 단위 공간혁신 사업' 공모 공고가 있었다. 전통적인 학교 건축에 대한 지속적인 문제 제기가 마침내 우리에게 닿아 망설이지 않고 공모에 응할 수 있었다. 30년 가까이 생각해 온 학교 건축에 대한 꿈을 실현할 기회를 잡은 것이다. 빠르게 동료들과 협의를 시작했고 도 교육청을 통해 유능한 건축가를 소개받아 사업 계획서를 작성하였다. 다행히 우리의 바람은 온전히 전달되었고 "새로운 학교의 전형을 보여 주었다."라는 심사평과 함께 공간혁신 전면 개축 학교에 선정되었다.

우리가 제출했던 사업 계획서 내용 일부를 옮겨 본다.

## 희망을 쏘아 올린 '전남 혁신학교'

우리 학교는 섬진강과 지리산이라는 천혜의 배경 앞에 자리하고 있다. 여기저기 양지바른 곳에 자리를 잡은 수많은 마을(마실)에서 사람들이 모여 일가를 이루었으나 이제는 위태롭게 그 명맥을 유지하고 있다. 불과 5, 6년 전만 하여도 본교 역시 20여 명의 복식 수업을 하는 폐교 직전의 학교였으나, 열정을 가진 교원과 학교를 굳게 신뢰하는 학부모들의 노력으로 이제는 70명이 넘는 전남 혁신학교로 우뚝 서게 되었다. 오늘도 희망을 실은 에듀버스는 마실 곳곳을 돌아 미래의 주역들을 싣고 교문에 들어선다.

## 걷고 싶은 캠퍼스 '용방 마실 배움터'

개교 80주년을 넘긴 오랜 전통은 용방 모두의 자랑이지만, 낡고 위험한 건물은 환갑을 훌쩍 넘기며 모두의 걱정거리가 된 지 오래다. '제한적 공동학구제'와 혁신학교의 성공으로 꾸준히 재학생 수를 늘려 왔지만, 유휴 교실 부족과 낙후된 시설 문제는 더 이상의 도약을 가로막는 걸림돌이 되어 버렸다.

도심에나 어울릴 법한, 눈에 띄는, 독특한 디자인의 건축물보다는 지리산과 섬진강을 닮은 유려하고 안정적인 작은 건물이 군데군데 들어선 마을 같은 학교, 이웃집 마실 나가듯 오솔길을 따라 모퉁이를 돌면 나타나는 배움터를 꿈꾼다. '유치원·1·2학년 마실', '3·4학년 마실', '5·6학년 마실'은 제각각 아이들의 특성에 맞게 빛날 것이다. 아이들은 6~8년간 마실을 돌며 공부하고 잊지 못할 추억을 안고 세상으로 나갈 것이다.

365일 행복한 '놀이 배움터'
놀며 배우고, 배우면서 노는 'No. 1이 아닌 Only 1'인 학교가 성큼 다가왔다.

2020년 12월 17일

# 더 나은 내가 되겠습니다

베껴 그리기가 지겨울 즈음, 만화 그리기 책을 사서 연습한 첫 그림.

2020년을 보내며 2021년 다짐을 담아 교직원과 선생님들에게 쓴 편지를 옮겨 본다.

긴장 속에 부임한 첫날부터 전혀 예상하지 못했던 코로나가 펼쳐졌습니다. 아이들 없는 학교에서 교장으로 한 첫 번째 일은 '결재 놀이(?)'였습니다. 다행히 함께 힘을 모으니 학습 꾸러미 전달이나 온라인 입학식, 칸막이 급식실 같은 혁신 아이디어도 나오더군요. 교장으로서 뭐라도 해야겠다 싶어 책 읽어 주기 동영상을 올리기 시작했고, 수면 아래 서툰 발버둥은 코로나로 간신히 감추어졌습니다.

아이들이 학교에 나오니 예전의 교사 본능이 살아나고, 아침 맞이나 수업을 하면서 서서히 용방에 스며드는 기분이 들어 안도했습니다. 책임감 넘치는 용방 가족들 덕분에 초유의 위기 상황도 어렵지 않게 넘을 수 있었습니다.

자격연수로 오랜 공백 중에 들른 자전거 마라톤 날을 잊을 수 없습니다. 하늘은 맑고, 바람은 상쾌하고, 아이들 웃음소리는 경쾌하고, 내 힘으로 달리는 자전거는 가벼웠습니다. 삶의 어떤 절정 같은 느낌이었습니다. 이 행복을 나 혼자만 느끼는 게 아니기를 간절히 바라는 순간이었습니다.

조금 더 한 명 한 명의 이야기를 마주했어야 했는데 그러지 못해 아쉬움이 남습니다. 교실과 사무실에서 어떤 기쁨과 어려움을 느끼는지 잘 들었어야 했는데 말입니다. "우리 그거 해 봤어." 알리바이를 만드는 것에 머무르지 않고 조금 더 인간적으로, 가깝게 이야기를 나누는 공동체를 꿈꿉니다.

"모퉁이를 돌면 무엇이 나타날지 기대돼요." 우리의 빨간 머리 앤이 말합니다. 어려움을 미리 두려워하지 않고 새로운 도전을 설렘으로 받아들이는 사랑스러운 앤처럼 저도 다가오는 2021년, 2년 차를 기다리고 싶습니다. 상상이 모두 현실이 될 수 없다고 하지만, 지금 우리가 누리는 많은 것이 누군가의 상상에서 비롯되었음은 분명합니다. '선한 상상력', 좋은 쪽으로 상상하면 좋은 일들이 생긴다고 믿습니다.

부족하고 서툰 1년이었지만 함께 만든 시간이었기에 뿌듯합니다. 고쳐 쓰고 다시 쓰면서 살아가는 것이 인생입니다. 이장규가 더 나은 교장이 되고 용방이 더 좋은 학교가 되도록 애쓰겠습니다.

2020년 12월 29일

# 오늘도 쏘나타는 가장 늦게까지

유치원 선생님의 흰색 쏘나타는 늘 가장 늦게까지 주차장을 지킨다.
모두가 속도를 이야기할 때 나만의 방향을 지키기가 쉽지만은 않다.

모두 퇴근한 시간, 여전히 주차장을 지키는 흰색 쏘나타.
오늘도 늦게까지 일하는 유치원 선생님에게 짧은 편지를
썼다.

저녁 7시. 여전히 흰색 쏘나타 하이브리드는 주차장에 그대로입니다. 관사로 퇴근해서 저녁 식사를 하고 산책할 겸 교정을 걸을 때까지 늘 그 자리에 있습니다. 때로는 9시가 훌쩍 넘어서도 환한 유치원 교실, 그 안에서 분주하게 움직이는 실루엣만으로 고단한 하루의 마감을 짐작할 뿐입니다. 우아하게 두 번째 하루를 시작하는 베짱이 교장의 여유가 멋쩍습니다. 누군가는 조금은 느긋한 선생님의 일 처리를 두고 불편함을 호소하기도 하지만 무엇이 우선순위가 되어야 하는지를 생각하면 언제나 선생님이 옳습니다. (중략) 생신을 축하드립니다. 행복한 날 되시기를.

2021년 4월 22일 짱구쌤

유치원 선생님이 답장을 보내왔다.

주말에는 카톡도 좀 쉬어야지 싶어 접어 두었다가 이제야 답을 전합니다. 손편지는 감동이었습니다. 친정엄마는 늘 "보리밭 다 매고 편할 때 낳았고, 볕이 좋아서 기저귀도 잘 말랐다."라고 말씀하시지만, 만삭의 불편한 몸으로 쭈그려 앉아 독새풀 맸을 노고를 더 생각하게 됩니다. 유치원 일이 더딘 걸 보며 자칭 부진아라고 부르는데 금년 목표는 '설렘과 낭만을 가졌던 이전의 나를 되찾기'입니다. 돌아보니 주변 사람들을 기다리게 하고, 염려를 끼치는구나 하는 생각이 많이

들어서 시간개념부터 가지려고 노력하고 있습니다. 늘 아이들과 용방 식구들을 위해 이른 아침부터 애쓰시는 모습을 보며 감사하고 든든합니다. 용방 식구들과 함께 행복하고자 합니다. 감사합니다~^^

2021년 4월 26일 구효숙

# 국수는 승소, 그리고 짱소

인터넷에서 국수를 먹는 스님 그림과 짱구 그림을 찾아 합성해서 그렸다.
스님이 살짝 미소 짓는 거로 이해해 주시기를…….

"교장쌤! 왜 이리 늦게 오셨어요. 국수 다 불겠네."

조리사님이 교무실에 일부러 전화까지 해서 찾았다는데 난 그때 목공실에서 나름 바빴다. 날마다 같은 시각에 점심을 먹는데 오늘 유독 애타게 나를 찾은 이유는 국수 때문이다. 워낙 국수를 좋아하기에 국수가 나오는 날이면 배식하는 내내 큰 소리로 떠들어 대니 급식실 식구 모두 짱구쌤의 국수 사랑을 모를 수는 없었을 것이다. 조리사님은 다른 사람들과 월등히 비교될 만큼 많은 양의 국수를 담아 주면서 부족하면 얼른 오라는 당부도 덧붙인다.

절집에서 국수가 나오는 날은 그 점잖은 스님들도 싱글벙글한단다. 왜 아니 그렇겠는가? 같은 일과 비슷한 음식이 수행으로 반복되는 곳에서 국수와 같은 변주는 일상에 생기를 불어넣는 작은 이벤트가 되고도 남는다. 그래서 국수를 스님들을 웃게 하는 것, 승소(僧笑)라 부른다고 한다. 대단한 것이 아니라도 삶터에 에너지를 주는 일이 많아지길 바란다. 사소(師笑), 아소(兒笑), 부소(父笑), 여소(女笑), 남소(男笑)……. 선생님을, 아이들을, 부모님을, 여성을, 남성을 웃게 하는 것들 말이다.

짱구쌤을 웃게 하는 것은 부지기수다. 어디를 둘러봐도 눈맛 시원한 풍경이 제일 그렇고, 자세히 들여다보지 않아도 속까지 다 보이는 아이들이 그렇고, 증명할 필요 없는 휴머니스트인 교사들과 직원들이 그렇고, 저녁 6시 편안한 쉼터에서 듣는 라디오 〈세상의 모든 음악〉이 그렇다. 작고 짧은 기쁨이 곳곳에서 시시때때로 나타나고, 돌아오지 않을 흐뭇함이 그 자리에서 충만하길.

"짱소 나오는 날은 일찍 가겠습니다. 염치 불고하고 한 그 릇 더 받아서 먹겠습니다."

2021년 9월 15일

# 오늘도 수고 많으셨습니다

6A. KBS classic FM

세상의 모든 음악
전기현입니다

저녁 6시, 두 번째 하루

"안녕하세요. 세상의 모든 음악 전기현입니다. 오늘도 수고 많으셨습니다."
오프닝 멘트는 항상 같지만 날마다 다른 감동을 준다.

퓨전 음악 그룹 '두 번째 달'의 음악을 좋아한다. 특별한 장르를 고집하지 않고 세계 각국의 음악을 자유롭게 넘나드는 크로스오버 그룹이다. 국악인 김준수가 함께 참여한 〈사랑가〉를 듣노라면 그들이 추구하는 새로운 음악을 짐작할 수 있다. '두 번째 달'이라는 이름처럼 전혀 다른 차원의 세상이다.

개인적으로 혁신학교를 두 번째 교단이라 부른다. 학교의 역할과 수업의 본질, 동료성에 기반한 집단 지성, 삶에 밀착된 융통성 있는 교육과정은 내가 꼽는 혁신학교의 특징들이다. 10년이 넘는 기간 세 곳의 혁신학교에 근무하며 나도 더욱 성장했다고 믿는다.

저녁 6시. 두 번째 하루는 KBS 라디오 클래식FM 〈세상의 모든 음악〉을 듣는 것으로 시작한다. 수년째 이 프로그램의 진행을 맡고 있는 전기현 씨의 오프닝 멘트는 늘 같다. "오늘도 수고 많으셨습니다." 팝과 가요를 제외한 각국의 음악을 편견 없이 들려주는 이 프로그램을 들으며 하루의 소란스러움을 정리하는 사람들이 나 말고도 아주 많다. 누구랑 대화를 나누다가 이 프로그램을 자주 듣는다는 공통점을 찾으면 왠지 모르게 믿음이 가고 오래전부터 알고 지냈던 것처럼 친근하고 반갑다.

전에는 직장 일을 가정까지 가져올 때가 많았다. 관계를 절대적으로 중시하던 시절에는 회의와 회합 등으로 저녁과 주말을 밖으로 돌았고 그것이 불가피하다고 스스로 다그쳤다. 몸과 마음이 점점 지쳤고 관계의 과잉은 만남을 형식으로 전락시켰다. 모임과 조직을 정리하고 해야 할 일을 줄이면서 서서히 지친 몸과 마음이 회복됨을 느꼈다. 저녁을 가족과 함께하고 음악 감상과 책 읽기로 혼자 있는 시간이 늘어나면서 충만함을 느낀다.

모두에게 두 번째 하루가 평안하기를…….

2021년 10월 25일

# 가장 강력한 라이벌

평생을 교단에서 보낸 지킴이 선생님은 오늘도 출근하자마자 운동장 풀부터 정리한다.
분필에서 쟁기로, 정직하게 나이 든 손이 우직하다.

일흔이 넘었지만, 남에게 하대하는 법이 없다. 언제나 출근 후 첫 일은 농기구를 들고 운동장을 도는 것부터다. 그네 밑 파인 곳에 모래를 채우고, 유치원 놀이터에 난 풀을 뽑아낸다. 교정을 한 바퀴 돌고서야 사무실로 들어간다. 우리 학교 배움터 지킴이 칠용쌤이다. 교사로 정년퇴직을 하셨고, 지인의 표현을 빌리면 마지막 해까지 교무부장을 맡으며 봉사하셨던 분이다. 인근 광의면에서 농사지으며 우리 학교 지킴이를 겸하신다. 특히 하교 시간 세 차례에 걸쳐 출발하는 에듀버스를 아이들이 안전하게 탈 수 있도록 살펴 주시니 더 바랄 게 없다.

난 퇴직하면 집에서 맘껏 놀면서 지낼 계획이었지만 칠용쌤을 가까이에서 뵙고 난 후론 약간 생각이 바뀌었다. 잠깐씩 아이들을 보러 학교에 나오는 것도 좋을 것 같다. 아이들을 보면 없던 기운도 생기면서 몸과 마음 건강에 도움도 될 것 같고. 그럼 나중에 용방에 와서 배움터 지킴이를 해 볼까? 멋지게 지어질 학교에서 잠깐이라도 근무해 보고 싶은 욕심도 들고. 그런데 칠용쌤이 자리를 양보해 줄 것 같지는 않다. 스스로 너무 재미있어하고 다른 직원들도 다들 좋아하니 말이다. 그렇다면 도서관 도우미는 어떨까? 그것은 학부모가 유리할 테니 어렵긴 매한가지다. 지금으로 봐선 배움터 지킴이 최대 라이벌인 칠용쌤이 그 자리를 양보할 가능성은 제로에 가까우니 아쉽지만 다른 길을 찾아야 한다. 쉬운 일이 없다.

2022년 4월 29일

# 곳곳에 아지트가 있어야
# 아이들이 숨을 쉰다

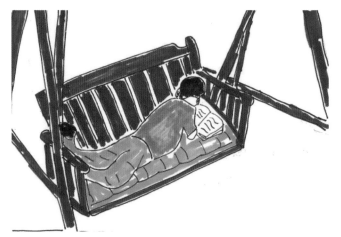

1학년 강율이는 한동안 저 자세로 흔들 그네에 있는 것을 좋아했다.
숨어 있을 곳이 많아야 아이들이 숨을 쉰다.

노고단이 잘 보이는 데크 쉼터 옆 그네 의자에 강율이가
있다. 유치원 옆 그네 의자에서도 강율이는 늘 그 자세다. 저
렇게 엎드려 다리를 흔들며 책을 읽는다. 누가 지나가도 좀처
럼 알지 못한다. 깊이 빠져들어 그 시간에 집중한다. 아이들
이 가장 예쁠 때다.

전면 개축 방식의 공간혁신을 추진하다 보니 생각보다 긴 준비 기간이 필요했고 그러다 보니 초기의 기대와 집중력이 조금씩 느슨해지는 것이 느껴졌다. 떡 하고 나타나는 근사한 멋진 건물만을 위해 그 긴 시간을 견딘다는 것이 마뜩잖았고, 그래서 우리는 수시로 학교 곳곳을 찔끔찔끔 바꾸기로 했다. 그 과정이 재미있었고 결과는 기대 이상으로 만족스러웠다. 곳곳에 아지트가 생겨나자 아이들의 새로운 모습도 함께 나타났다.

강율이가 그네 의자에서 시간을 보내는 것처럼 쌍둥이 녀석들은 라탄 의자에서, 4학년 개구쟁이들은 확장된 정자에서, '폰'을 사랑하는 두 녀석은 다락 정자에서, 2학년들은 트리하우스에서, 고학년 여학생들은 해먹에서, 댄스를 사랑하는 아이들은 데크 쉼터에서, 승근이와 원준이는 새로 생긴 연못에서 자주 논다. 자기만의 아지트다.

도심의 큰 학교는 공간적으로 갈등과 다툼이 자주 발생할 수밖에 없다. 완충지대와 해방구가 없기 때문이다. 곳곳에 아지트가 있어야 아이들이 숨을 쉰다. 아지트가 모두 그럴싸하게 근사할 필요는 없다. 물웅덩이도, 그냥 쌓인 모래 더미도, 오래된 그네와 구름다리도 아지트가 된다. 누구의 간섭도 없이 그냥 거기에 가기만 해도 편안하고 좋은 곳이다.

2022년 6월 11일

# 가장 좋은 멘토는 옆 반 선생님

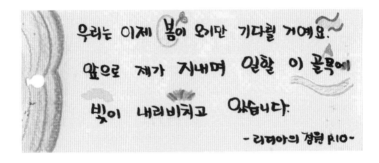

광주 지산초 울쌤이 만들어 보내 주신 《리디아의 정원》 책갈피. 어디에 있든 리디아처럼
쉬지 않고 주위를 빛나게 하는 정원사의 역할을 멈추지 않을 거다.

교장 선생님^^

단비 촉촉이 내리는 날, 옆 반 쌤과 다음 주 수요일 교장쌤과
의 만남에 설레며 이야기 나누다 메시지 보냅니다. 어깨동무
옆 반 쌤들의 소중함이 더욱더 커지고 깊어지는 지산초랍니
다. 오시는 날이 어서 빨리 오길 기다립니다. 이번 주 목요일
아이들이 옆 반 동생들을 초대하여 우리가 만든 5·18 책을

소개하는 수업 나눔을 하기로 했는데, 이것 또한 어깨동무라는 생각이 듭니다. 오늘도 잔잔한 웃음과 평안으로 힘내시길 기도합니다.

2022년 6월 14일 울쌤 이은선 올림♡

광주 지산초 울쌤이 보내 준 책갈피에는 나도 정말 좋아하는 그림책 《리디아의 정원》에서 뽑은 한 구절이 쓰여 있다. 어느 곳이든 따뜻한 마음을 가진 한 사람만 있으면 그곳은 이미 희망적이다. 아이들에게 편지글이 대부분인 이 책을 읽어 줄 때면 가슴 저 깊은 곳에서부터 기쁨이 벅차오르는 것을 느낀다. 무뚝뚝하던 외삼촌이 리디아의 정원을 보고 환하게 웃는 장면에서는 이야기를 듣는 아이들한테서 탄성이 나온다.

울쌤은 광주 풍향초에 컨설팅하러 갔다가 만난, 《엄마 마스크》라는 그림책을 쓴 작가이자 교사이다. 두서없이 왔다갔다 한 강의에서 "가장 좋은 멘토는 옆 반 선생님"이라는 내 말에 꽂혔다고 했다. 사실 혁신학교 부흥회 전도사를 자처하는 내가 늘 하는 말은 "부흥회는 이것 한 번으로 충분합니다. 다음부터는 옆 반 선생님과 이야기 나누세요."인데 그것을 용케 잘 이해해 주셔서 고마웠다.

울쌤은 이듬해 혁신학교인 광주의 작은 학교 지산초로 옮겨 옆 반 동료들과 잘 지낸다고 했다. 지산초에 가서 다시 한 번 울쌤을 만났고 가끔 이렇게 연락을 주고받는다. 내 인생의 스승인 신영복 교수님의 말씀처럼 수많은 언약은 강물처럼 흐르더라도 만남이 어느 날 꽃처럼 환하게 피어날 때가 있으리라 믿는다.

2022년 6월 17일

# 혁신학교를 넘어 혁신학급으로

4학년 교실은 '패셔니스타' 선생님과 개성 만점 아이들의 교실답게
아기자기하고 감각적이다.

4학년 역시 2주에 한 번씩 '짱구쌤 수업'을 하지만, 주로
운동장에서 해서 교실을 볼 수 있는 기회는 많지 않았다. 마
침 수업 나눔이 있어서 뒤에 앉아 비교적 꼼꼼하게 교실을 살
펴볼 수 있었다. 교실 뒤편에 매트가 깔려 있고 편안한 소파
와 쿠션이 적절하게 배치되어 있다. 실내용 해먹, 보드게임과

그림 블록 등 놀이 도구도 잘 갖춰져 있다. 여학생 수가 유독 많은 4학년은 학급 분위기가 활기차고 야무져서 선생님들 사이에 칭찬이 자자한 학년이다. 우리 학교 에이스들의 교실답게 열한 살 멋쟁이 학생들의 취향과 '패셔니스타' 담임선생님의 센스가 잘 녹아든 교실이다. 개축이 예정되어 모든 투자가 중지된 상태라 오래된 건물은 겉에서 보기에는 곧 허물어질 것처럼 곳곳에 칠이 벗겨져 빈티 가득한데 교실은 참 포근하고 깔끔하다.

정권과 교육감이 바뀌자 주변에서 가끔 물어본다. 혁신학교가 어찌 될 것 같냐고. 당연히 내가 어찌 알겠냐고 답하지만 한 번 더 물어보면 이렇게 답을 한다. 어떻게 바뀌든 이제는 교실에 집중했으면 좋겠다고. 10년 넘게 시행된 혁신학교 제도로 인해 우리 교육이 상당히 창의적이고 자율적으로 바뀌었다고 평가받는다. 찻잔 속의 태풍이니 그들만의 리그니 하는 부정적인 시선 속에서도 혁신학교의 영향에서 자유로운 학교는 없었을 거라는 주장에는 대체로 수긍한다. 혁신학교에 열정을 쏟은 이들은 아직 할 일이 많이 남았다며 계속 추진할 것을 요구하고, 그에 반대하는 이들은 이제 시효를 다 했으니 종료하는 게 옳다고 주장한다.

학교 차원의 혁신은 쉽지 않을뿐더러 교실까지 변화시키는 데 제한적이다. 지속하는 데도 변수가 많아 늘 재생산과 성찰을 요구받는다. 확실한 교사 리더가 없는 경우에는 더 그렇다. 그래서 난 오래전부터 혁신학급, 혁신학년을 이야기해 왔다. 교실의 교육력을 믿고 전폭적으로 지원하자는 것이다. 학교 차원의 공동 실천을 최소화하고 각 교실(학년)이 합의하고 설정한 교육과정을 가능한 범위에서 실현하는 방안이다. 단위 수업이든 프로젝트 학습이든 특별 프로그램이든 교사가 교실에서 승부를 내도록 도와야 한다. 성공하면 말할 것도 없지만 실패하더라도 학생과 교사 모두에게 큰 배움과 성장을 가져다줄 것이다.

2022년 7월 1일

# 자, 언니들은 어떻게 하는지 보러 갈까요

예술경험 / 유치원 / 구효숙 선생님 / 2020. 7. 7.
수업 주제 : 자연의 색으로 놀아요

## 처음 보는 유치원 수업

30년 가까운 교직 생활 중 처음으로 유치원 수업을 보았으니 유아교육에 대한 결례가 도를 넘었다. 하여 이것은 참관기라기보다는 참회록(?)이라고 해야 할 듯하다. 다양한 연령대(만 3세~5세)의 아이들 열세 명이 섞여 수업하는 모습도 생소하고, 모든 학습이 한곳에서 이뤄지는 일체형 유치원 교실도 신기했다.

'자연의 색을 이용하여 다양한 방법으로 자신의 느낌을 표현'하는 수업은 차분하지만 적당한 경쾌함을 유지하며 진행되었다. 아이들은 선생님이 안내한 놀이 방법에 따라 자연의 색을 골라 각자의 방식으로 즐겁게 표현하였다. 선생님은

49

살갑게 아이 곁에 붙어 지지하고 격려하였다. 나이별로 모둠을 편성하여 학습하는데, 가장 어린 반을 지도하던 선생님이 "우리 언니들은 어떻게 하고 있는지 보고 올까요?"라고 말하자 아이들은 옆 모둠으로 몰려갔다. "와!" 탄성이 터지고, 다녀온 아이들의 표현은 더욱 대담해졌다.

## 365일 행복한 배움 놀이터

말로만 듣던 놀이 중심의 누리교육과정을 수업으로 확인하는 시간이었다. 최고의 교육은 '놀면서 배우고 배우면서 노는 것'이라 여기며 학교는 모름지기 365일 행복한 배움 놀이터가 되기를 희망한다. 그러니 유치원은 말해 무엇하랴. 뒤늦은 감이 있지만 놀이가 교육과정의 중심을 이룬 것은 다행스러운 일이다. 두 달 정도는 숲에서만 지낸다는 독일의 유치원이나, 아무리 추워도 매일 두 시간 이상의 바깥 놀이를 의무적으로 한다는 스웨덴의 경우를 거론하지 않더라도 놀이는 교육의 필수 요소임이 분명하다. 놀이할 때 볼 수 있는 아이들의 행복한 표정과 번뜩이는 창의력은 그것을 증명하고도 남는다.

## 망원경과 지도

처음으로 망원경과 지도를 만나면 아이들의 세계가 세상을 향해 확 열린다고 한다. 멀리 있어 안 보이던 것들을 보게 되며, 가 보지 못한 세계에 관한 생각이 깊어지는 순간이기 때문일 테다. 수업에서 '망원경과 지도'의 역할을 하는 것은 무엇일까? 아마도 교사의 태도와 아이들이 도전해야 할 과제가 아닐까 싶다.

가장 늦게까지 학교에 남아 수업을 준비하고 업무를 처리하는 유치원 선생님의 수업 나눔에 그저 잠깐 앉아서 살펴보려니 살짝 죄송했다. 이른 시간에 퇴근해서 하루를 편히 정리할 수 있도록 더 많은 지원이 있어야 하겠다.

# 친절한 과학 선생님

과학 / 3학년 / 김효정 선생님 / 2020. 7. 15.
수업 주제 : 자석의 극 찾기

### 긴 호흡과 선한 눈빛

여섯 명의 아이들이 다섯 번의 활동을 재미있게 진행하고 수업에서 배워야 할 내용을 모두 이해했으니 더 말해 무엇 하랴. 모양이 다른 자석이 등장할 때마다 아이들이 집중하며 차분히 원리를 찾아낼 수 있었던 것은 충분한 시간을 들여 친절하게 안내한 선생님 덕분이다. 경제적 효율성만을 앞세울 때 천덕꾸러기 취급을 받는 작은 학교가 실상 교육에 최적화된 미래학교임을 우리는 수업에서 늘 확인한다.

풍부한 과학적 지식으로 무장한 교사가 뭐든 답해 준다? 그것은 AI가 더 잘할 것이다. 그러나 함께 의문을 던지고 답을 찾아가는 촉진자 역할은 교사만 할 수 있다. 나는 오늘 수업자인 김효정 선생님의 긴 호흡과 선한 눈빛을 배우고 싶다.

## 나도 친절한 과학 선생님을 만났더라면

고등학교 때 나는 과학을 잘하지 못하면서도 수학 하나만 믿고 이과를 택했다. 결과는 참담했다. 이해할 수 없는 시험 성적에도 과학과 친해지고 싶은 마음에 좌절하지 않고 줄기차게 과학 동네를 기웃거렸다. 과학 관련 책을 고를 때마다 '알기 쉬운', '청소년을 위한', '재미있는' 같은 수식어가 붙은 제목을 찾았는데도 끝까지 이해하며 읽은 책은 거의 없었다.

과학은 내게 넘을 수 없는 벽인가 절망하다가 정재승, 최재천과 같은 글 잘 쓰는 친절한 과학자들을 만나 겨우겨우 놓아 버리지 않고 아직도 과학을 붙들고 있다. 하지만 학창 시절에 친절한 과학 선생님을 만났더라면 하는 아쉬움은 여전히 있다.

## 잘못된 과학 상식처럼

뇌과학자 정재승은 《과학 콘서트》에서 "달에서도 만리장성은 보인다."라든가, "인간은 자신의 뇌 10%도 이용하지 않는다. 아인슈타인도 뇌의 15%밖에 이용하지 않았다."라든가, "보름달이나 그믐달이 뜬 날 살인사건이나 자살이 많이 일어난다."라는 속설은 전부 사실이 아니라고 말한다.

잘못된 과학 상식처럼 오랫동안 교단을 지배하던 잘못된

교육 상식이 있다. "아이들은 학기 초에 잡아야 1년이 편하다." "잘해 주면 기어오른다." 등등. 선배들은 친절하게(?) 비법을 전수하고 후배들은 별생각 없이 받아들였다.

학교에서는 조용함에 큰 가치가 부여된다. "별일 없이 조용한가요?" 감독관은 교장에게 묻고, 교장은 교사에게 묻고, 교사는 아이에게 묻는다. 조용하기만 하면 아무 문제가 없는 게 된다.

－《가르친다는 것》, 윌리엄 에어스, 양철북, 2012

혁신학교의 가장 큰 가치는 교단에 '새로움'과 '집단 지성'을 가능케 한 것에 있다고 생각한다. 학교는 아이들과 교사의 에너지와 열정이 뒤섞이고 배움과 도전이 응전해야 하는 곳이다. 학교가 조용해질수록 그런 것들과 멀어진다. 경계할 일이다.

둘

# 맨발로 운동장을 걸어 본 적 있나요

처음에는 머뭇거리더니 어느새 빗속의 아이들이 되었다.
마스크로도 숨길 수 없는 행복감이 가득하다.

장마가 길어지니 '짱구쌤 수업'도 만만치 않다. 아이들도
나도 운동장 놀이 수업이 좋은데 맨날 비가 오니 고민이 많
다. 책 읽어 주는 것도, 절기와 행사에 맞춰서 하는 계기 수업
도 나름 좋지만 이미 놀이 수업에 맛을 들인 녀석들의 반응

은 온도 차가 심하다. 뭘 해도 "언제 운동장 나가나요?"로 토를 단다. 그래서 이번 주 1학년 수업은 아예 운동장에서 비를 맞는 수업을 작정하고 시작한다. 그림책을 한 권 읽어 주니 예상했던 대로 "오늘도 운동장 안 나가요?"를 합창한다. "자, 양말을 벗고 우산 쓰고 맨발로 운동장으로 모이세요!"

우레탄 놀이터를 지날 때 빗줄기가 거세진다. 도서관 시멘트 주차장과 지킴이 부스를 지나 새로 만든 잔디밭에 올라선다. 탄성이 터진다. "폭신폭신해요." "간지러워요." 데크 쉼터에서 숨을 한 번 고른 후 본격적인 운동장 코스로 들어선다. 군데군데 웅덩이를 훑고 모래 언덕을 걸으면 신경이 온통 발로 집중된다. 진흙밭과 모래는 감촉부터 다르다. 부드러운 진흙이 발가락 사이를 빠져나올 때, 모래가 물과 함께 발바닥을 간지럽힐 때, 신발에서 해방된 발들이 처음으로 주인의 관심을 독차지하는 순간이다. 때마침 빗줄기가 거세지고 우산을 때리는 빗소리는 발걸음에 리듬감을 부여한다.

25분간의 빗길 산책이 끝나고 수돗가에서 발 샤워를 마치면, 아직 남아 있는 촉감들의 후일담이 교실로 이어진다. 우리 교육과정이 닿(담)고 싶은 감수성이다. 바람이 거센 날, 바람이 간지러운 날, 눈보라가 지리산을 가리는 날, 안개비가 막막한 날, 햇살이 정수리에 붙는 날, 온통 새소리뿐인 날이

날마다 널려 있다.

"맨발로 운동장을 걸어 본 적 있나요? 없으면 말을 마세요. 얼마나 재밌다고요."

2022년 7월 19일

# 큰일 났다, 짱구쌤

교사 시절까지 합치면 총 6년 6개월을 근무한 학교를 떠나야 하는 마지막 출근 날,
"교감 선생님!" 하며 매달리는 아이들과 아쉬운 발걸음을 옮긴다.

    8월의 마지막 날이다. 오늘 가게 되는 체험학습에 대한 기대가 앞설 만도 한데 통학차에서 내리는 몇몇 아이들은 아쉬움 가득한 얼굴이다. 그러다 때마침 출근길 교감 선생님과 눈이 마주치자 어느새 달려가 팔을 붙든다. "안 가면 안 되나요?" "우리랑 같이 졸업하기로 했잖아요?" 교감 선생님은 내

일부터는 다른 학교로 가야 한다. 교장 승진을 당연히 축하해야 하지만 아이들 마음만큼이나 내 마음도 여간 심란한 것이 아니다.

교감 선생님은 우리 학교와 오랜 시간 인연을 맺은 분이다. 교사 시절 혁신학교를 운영하며 폐교 직전의 학교에서 학생을 유치해야 하는 과업(?)도 수행했고, 몸소 멀리 사는 조카를 데리고 와 실질적인 학생 수 늘리기에 기여도 했다. 4년의 고된 혁신학교 생활을 마치고 교감으로 승진하여 청산도에서 2년을 생활할 때도 용방의 동생(?)들과 자주 교유하고 인연을 이어가더니 집이 있는 광양으로의 전근을 포기하고 다시 용방으로 돌아왔다. "언니, 어디로 가려고 해요? 여기 와서 다시 함께 살아요."라는 동생들의 부름을 뿌리치지 못했다.

후배가 교장인, 그것도 교사에서 바로 부임한 내부형 공모 교장인 학교에 교감으로 돌아오다니 쉽지 않은 결정이었으리라. 그러나 특유의 친화력은 곧바로 효력을 발휘하여 생면부지나 다름없는 교장이 학교와 지역에 연착륙할 수 있도록 훌륭한 가교 역할을 해 주었다. 교무실의 여러 구성원에게는 물론이고 행정실, 급식실, 교실까지 두루두루 살뜰하게 챙기는 따스함이 금방 교정에 퍼졌고 아이들에게는 말할 것도 없이 친절한 선생님이었다. 교무실의 넘치는 먹을거리와 웃음에는 교감 선생님의 지분이 크다. 큰 바람막이였던 교감 선생님이 떠나고 나면 이젠 그간 감춰졌던 교장의 맨 실력이 드러날 텐데 걱정이 이만저만이 아니다.

2022년 8월 31일

# 그러니, 교장인 나만 잘하면 된다

심 여사님 명함의 앞면과 뒷면.
모든 교직원은 자기 이름을 걸고 최선을 다해 아이들을 보살핀다.

"심 안 드요? 난 귀때기 떨어지겠소. 징허게 춥네."

칼바람 부는 겨울 아침에 부실하디 부실한 교장이 교문 통에 서 있으니 짠하기도 했으리라. 지금은 퇴직한 심 여사님은 우리 학교에서 10년 동안 청소일을 했다. 퇴직을 앞두고 가장 아쉬운 것은 "남이 차려 주는 급식 못 먹는 것"이라고 했다. 처음에는 쌀쌀맞은 말투에 겁(?)이 났으나 이내 마음자리가 따뜻하고 풍류를 사랑하는 멋진 분이란 걸 알고 나서는 '이무럽게' 지냈다. 회식 자리에서 멋지게 뽑던 노랫가락과 송별회에서 펑펑 울던 모습이 또렷이 떠오른다.

학교 안에 존재하는 모든 어른은 다 선생님이다. 그러니 교직원 모두 같은 명함을 사용하면 좋을 듯싶었다. 교장 부임 첫해 스승의 날을 기념하여 명함을 제작하여 한 세트씩 선물로 돌렸는데, 우리 심 여사님은 도무지 가져가지 않았다. 다들 뭔 명함이냐 하면서도 웃으며 가져가는데 심 여사님 명함은 사흘이나 그 자리에 있었다. 마침 교장실에 들어오셨기에 물어보았다. "왜 안 가져가세요?" "명함을 어디에 쓴다요? 남사스럽게." "그요? 그럼 놔두쇼. 불쏘시개나 하게." "그럼 아까운께 가져갈라요. 뭔 쓸데없는 짓을 해서……." 참, 선물하고도 한 소리 들었다.

한 달쯤 지나 여사님께 살짝 여쭤봤다. "그 명함 안 쓰면 갖다주쇼. 미술 시간에 모자이크 할랑게." "몇 장 썼는디요? 이장도 주고, 자식들도 주고, 손주도……." 누구 손 빌리지 않고 이 나이에도 내 힘으로 살아간다는 자기 선언이었으리라. 충분히 깨우치지 못한 한글을 배우게 해 준 곳도 여기이고, 무슨 말인지 완전히 알 수는 없지만 명함 뒷면의 말처럼 우리 아이들이 깨끗하게 잘 지낼 수 있게 하는 보람을 찾게 해 준 곳도 여기였으니.

굵은 팔뚝으로 곳곳을 닦았던 심 여사님뿐만이 아니다. 모두가 손꼽아 기다리는 따뜻한 점심을 정성껏 준비해 주는 급식실, 온 힘을 다해 승부하는 교실, 그곳을 지원하는 행정실과 교무실, 어디에 있든 학교 안의 누구도 대충 살진 않는다. 자꾸만 남의 책상 크기와 서류철 두께를 살피며 내 것과 저울질했던 예전 내가 부끄럽다. 누구와의 비교를 통해서 내 일의 정당성과 충만함을 가질 수 있는 것이 아니거늘, 이놈의 찌질함은 쉬이 없어지질 않는다. 누구에게나 일터는 소중하며, 누구도 최선을 다하지 않고 하루를 허비하지 않는다고 믿어야 한다. 그래서 학교는 지금 이만큼 안전하고 아이들의 웃음소리는 우렁차다. 그러니, 교장인 나만 잘하면 된다.

심 여사님은 요즘 학교에 잘 안 오신다. 마을회관에서 할매들과 민화투 치고서 함께 나눠 드시는 음식만은 못할 테지만 그렇게 아쉬워하던 급식을 한번 대접해 드려야 하는데 말이다.

2022년 9월 1일

# 나를 온전히 받아 주는 한 사람만 있어도

운동장 건너 해먹에 두 녀석이 가면을 쓰고 앉아 있다.
마스크에 가면까지 썼지만, 누군지 금방 알 수 있다.

지훈이의 꿈은 명확하다. "저는 포클레인 기사가 될 겁니다. 자연과학고에 가서 자격증을 따고 아빠처럼 포클레인 기사가 되면 좋겠어요. 직접 멋지게 집도 짓고 예쁜 여자와 결혼도 하고요." 단짝 승준이와 한시도 떨어지지 않고 붙어 지내다 보니 가끔 다투기도 하지만 너나 할 것 없이 먼저 미안하다고 사과부터 하는 친구 사이다.

승준이도 꿈을 이미 정해 놓았다. 택배 사장님이다. 친구들과 사람들에게 행복을 가져다주는 택배기사는 승준이 생각에 세상에서 가장 멋진 직업이다. 한때 경찰관을 꿈꾼 적도 있지만, 택배 일을 하는 부모님을 보니 그 일이 더 마음에 들었다고 한다. 지훈이가 가끔 자기를 무시하기도 하지만 언제나 내 편이 되어 주는 든든한 친구이다.

운동장 건너 해먹은 누워서 '하늘멍'할 때도 좋지만 이렇게 둘이 앉아 도란도란하기에 이만한 곳도 없다. 마스크에 가면까지 썼지만 단박에 알아볼 수 있다. 껌딱지 같은 두 녀석이다. 슬쩍 다가갔더니 신발, 옷 이야기가 한창이다. 나를 온전히 받아 주는 한 사람만 있어도 어디든 살 만하다. 그림자를 추월하려는 가망 없는 질주의 시대에 자기만의 속도로 느긋하게 나아가는 녀석들. 어른들의 걱정은 크겠지만 단짝은 선하고 희망차다.

2022년 9월 28일

# 하나를 하더라도 야무지게 뽈깡

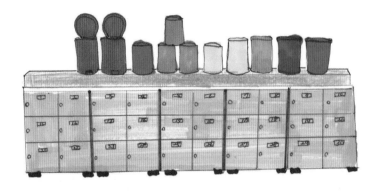

깨끗이 씻어 나란히 줄 세워 말리는 형형색색 휴지통.
뭐든 가지런히 정갈한 걸 보면 기분이 좋아진다.

어느 날 학교 세면대에서 휴지통이 모두 사라졌다. 노 여사님이 깨끗하게 씻어 창고에 넣어 두었다. 일회용 핸드타월도 함께 치우고 모든 교직원과 학생들에게 요일별 개인용 수건을 지급하였다. 플라스틱과 생수병 없는 학교로 지정된 후, 한 걸음 더 나아가 일회용품 없는 학교로 확대해서 실천하자는 용방 가족들의 결의를 실행한 것이다.

사실 우리 학교는 내가 부임하기 전부터 일회용품 사용을 최대한 제한해 왔다. 종이컵과 나무젓가락 등 일회용품들은 애초부터 찾기 어려웠고, 아이 어른 할 것 없이 그런 생활을 자연스럽게 받아들였다. 관건은 지속성. 사실 대부분 학교에서는 생태교육을 구호로 내걸고 교육과정을 편성한다. 생태 텃밭 가꾸기, 에너지 절약하기, 일회용품 쓰지 않기 등이 그것인데 생각보다 실천하기 어려운 일들이다.

티슈 대신 수건

우리는 우유갑을 버리지 않고 재생 화장지와 바꿔 오는 교육 활동을 8년 이상 지속하고 있다. 이렇게 오랜 시간 변함없이 실천하기가 얼마나 어려운지 경험자들은 공감할 수 있을 것이다. 한두 명의 실천이 아니라 대다수가 여러 해 동안 지속하기 위해서는 해마다 반복적으로 의미를 짚고, 평가하고, 시기별로 점검해야만 가능한 일이다. 우리 생태교육 해 봤는데 식의 소위 '알리바이' 교육이나 우리도 그거 있어 하는 '백화점식' 교육과정은 지속적인 실천을 가로막는 장애물이다. 구성원들이 모여 우선순위를 정해 잘할 수 있는 것을 선택하여 야무지게 실천하는 '뽈깡' 교육이 필요하다. 뽈깡은 전라도 말로 '온 힘을 다하여'라는 뜻이다. 젖은 수건을 물기가 다 빠지도록 뽈깡 쥐어짜듯, 힘을 나누지 않고 모아서 뽈깡, 온 힘을 다해야 제대로 가르칠 수 있다.

2022년 10월 8일

# 웬만해선 막을 수 없다

아침 안개 자욱한 운동장에 자전거 페달 밟는 소리가 울려 퍼진다.
내 힘으로 저어 가는 세상이다.

용방초 섬진강 자전거 마라톤은 10, 20, 30, 40, 50km 코
스로 나뉘는데 자기 실력껏 목표를 정하고 도전하는 방식이
다. 섬진강을 따라 지리산을 바라보며 달리는 코스는 환상,
그 자체이다. 그런데 강가 제방으로 이어지는 자전거도로라
서 자전거를 잘 타지 못하면 위험하기도 하고 완주도 어렵다.

21년 제7회 섬진강 자전거 마라톤을 잊을 수 없다. 1학년 기만이는 마라톤 도전 일주일 전까지도 자전거를 제대로 타지 못했다. 담임선생님의 특별지도는 스파르타식이어서 운동장에서 수없이 넘어지는 장면이 반복되었지만 좀처럼 실력이 늘지 않았다. 보다 못해 내가 구원투수로 나섰지만, 소리만 고래고래 지르며 급한 성질 밑천만 드러냈다. 전원 도전, 전원 성공을 목표로 7년째 이어지는 우리 학교 자전거 마라톤이 위기에 처했고 긴급회의가 열렸다.

　기만이는 교감 선생님과 함께 자전거도로 대신 운동장을 10km만큼 돌기로 했다. 일주일을 앞두고 어쩔 수 없이 세운 비상 대책이었지만 못내 아쉬운 마음이 들었다.

　그런데 며칠 후 기적이 일어났다. 여느 때처럼 담임선생님의 호령이 한창인 가운데 기만이가 넘어지지 않고 운동장을 가로지르는 모습이 교장실에서 포착되었다. 돌고래 소리를 방불케 하는 담임선생님의 환호성이 들리고, 기만이는 오래전부터 자전거를 탔던 아이처럼 천연덕스럽게 페달을 밟았다.

　기만이는 10km 자전거 마라톤을 훌륭하게 완주했고, 그날 받은 완주 메달을 종일 목에 걸고 다녔다.


　용방초 섬진강 자전거 마라톤을 개최한 지 8년이 되었다. 우리 학교 자전거 주차장에는 80여 대의 자전거가 언제든 타고 나갈 수 있게 준비되어 있다. 아이들은 누구나 나만의 자전거를 자유롭게 탈 수 있다. 후문을 나서면 바로 서시천 둑길을 따라가는 자전거도로와 만나 지리산을 바라보며 20km 이상을 안전하게 달릴 수 있다. 세상에서 자전거를 가장 안전하고 재미있게 탈 수 있는 학교이다.

자전거를 타며 나만의 속도로 살겠다는 마음이 생기면 좋겠다. 오직 내 근육과 심장으로 세상을 저어 가겠다는, 에너지를 덜 쓰고 내 고장을 사랑하겠다는 의지를 다져도 좋겠다. 오늘도 1학년들은 새로 생긴 나만의 자전거가 신기하고 좋아서 아침부터 운동장을 질주한다.

2022년 10월 17일

# 완전 소사네, 쏘사 리

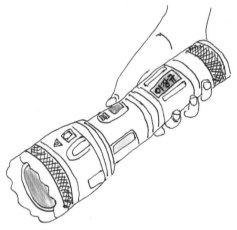

가끔 출몰하는 꽃뱀들을 경계하느라 구매한 손전등은 기대 이상의 성능을 자랑한다. 쏟아질 것 같은 밤하늘 별을 비출 때나, 우뚝 솟은 메타세쿼이아에 새로 생긴 새 둥지를 찾을 때도 스포트라이트를 쏜다. 집중해서 지켜보면 모두가 주인공이다.

"학교에서 순천 집까지 멀지도 않은데 왜 이리 자주 안 와? 거기서 뭐 해?" 관사에서 머무는 날이 늘어나자 아내가 묻는다. "응, 할 일 많아. 저녁 식사하고 성능 좋은 손전등 들고 교정 두어 바퀴 산책하고 사무실에서 책 좀 읽다가 심심하면 목공실에서 소품이라도 하나 만들고 관사로 들어와. 자고 일어나서 학교를 한 바퀴 돌아. 길냥이들 먹이도 주고, 전원을 올리고 보안 시스템을 해제한 후 배달된 우유를 냉장고 앞에다 옮기지. 제빙기를 돌리고 블루투스 스피커를 밖으로 내놓고 아침맞이를 준비하지. 근무 시간에도 시간이 날 때마다 교장실 밖으로 나가 돌아다니다 주무관님과 눈이 맞으면 뭘 고치든지 설치하든지 하고." 내 대답에 아내가 손뼉을 치며 말한다. "완전 소사네. 이 소사, 쏘사 리!" "맞아, 소사! 쏘사 리 좋다."

　가장 사랑하는 시간은 오후 6시쯤이다. 밥솥 취사 버튼을 눌러 놓고 나와 다락 정자에 앉아 바람길을 지나는 저녁 공기의 시원함을 만끽하며 〈세상의 모든 음악〉을 듣는 시간. 어둠이 다 내려앉고 하나둘 가로등이 켜지면 낮에는 보이지 않던 새로운 풍경이 교정을 가득 채운다. 멀리 고속도로엔 〈은하철도 999〉에서처럼 자동차 불빛이 공중으로 날아다니고, 인적 없는 운동장엔 고라니가 뛰어들기도 한다. 비 내리는 날엔 트리하우스에 올라 양철 지붕의 랩소디를 듣고, 눈이 많이 온 날엔 그냥 시간이 멈추었으면 좋겠다고 생각한다. 전생에 무슨 복을 지어서 이런 호사를 누리나.

2022년 10월 22일

# 공간이 바뀌면 사람도 바뀐다

**팽나무 정자 리모델링 과정**

• 왜 팽나무 정자에는 사람이 안 올까?
• 한번 고쳐 보자! → 리모델링 제안 공모하기
• 3개 후보 중 선정 투표하기 → 복층 정자 확정
• 설계도 그리기 → 공사하기
• 벽화 그리기 → 내부 꾸미기

①번 복층정자    ②번 오두막 카페    ③번 팽구 놀이터

학교의 자랑인 팽나무 아래, 사람들이 잘 찾지 않는 오래된 정자를
다락이 있는 복층 정자로 리모델링하자 순식간에 '핫플'이 되었다.

백 살이 넘은 팽나무는 자체로 압도적이어서 우리 학교의 상징으로 삼을 만하다. 교목을 팽나무로 바꾸고 그곳을 학교의 중심으로 가꾸는 기본 계획을 세웠다. 문제는 정자였다. 2007년에 세운 옛 정자는 나름대로 운치가 있었지만, 아이들도 어른들도 잘 찾지 않았다. 낮은 평상 하나만 덩그런 정자는 늘 습했기에 팽나무의 운치와 기품을 즐기기엔 많이 부족했다. 정자를 철거하고 다른 시설물을 지어야 하나? 고심 끝에 철거보다는 보완을 택했다.

먼저 팽나무 정자 리모델링을 알리고 디자인을 공모했다. 학생과 교직원들의 참여가 이어졌고 최종 세 편의 후보를 놓고 투표를 시행하였다. 1안은 다락이 있는 복층 정자, 2안은 벽을 세우는 오두막 카페, 3안은 정자 정비 후 놀이 시설을 추가하는 팽수 놀이터. 투표 결과 압도적으로 다락이 있는 복층 정자가 선정되었다.

임 주무관님을 도와 함께 설계도를 그리고 곧바로 공사에 들어갔다. 다락을 올리기 위해 아연강으로 구조물을 세우고 질 좋은 소나무 원목으로 바닥을 깔기로 했다. 난간을 만들고 경사 계단까지 일사천리로 2주 만에 공사가 완료되자 6학년 선생님과 아이들이 벽화를 그렸다. 5학년 선생님이 뻐꾸기 그림을 추가했고, 나는 선반을 만들고 만화책을 기증받아

서가를 꾸몄다. 거기에 체스 도구와 공기, 부채와 목침, 쿠션을 추가하여 모두가 사랑하는 공간이 탄생하였다. 최근에는 태양광 조명까지 설치하여 야간 정담 장소로도 사랑받는다.

"내가 사는 공간을 내 힘으로 바꾼다." 건축 수업은 미래 교육에서 추구하는 주도성을 적극적으로 실천하는 수업이다. 함께 생활하는 곳을 자세히 살펴보고 불편한 곳을 고쳐 더 나은 공간으로 바꿔 보는 과정을 통해 우리는 또 소중한 것을 배웠다. 이것이 우리가 열어 가는 미래 교육이다.

2022년 11월 7일

# 시래기가 걸린 학교 수돗가

학교 수돗가에 시래기가 걸렸다. 청년 농부들과 함께 짓는 서툰 텃밭 농사지만
동네 형 동생으로 살아갈 청춘들의 빛깔처럼 푸르다.

〈2022년 생태 텃밭 교육 공유회-우당탕탕 텃밭 교실〉이
라는 낯선 행사에 참석했다. 방학 중이라 땡땡이를 치고도
싶었지만 3학년 선생님은 이런 내 마음을 꿰뚫어 본 듯 잊을
만하면 오늘 행사를 상기시켜 주었다. "많은 분이 참석했으
면 좋겠어요."

'아가씨 대기 중'이라는 대담한 네온사인이 걸린 가요주점 2층 작은 도서관에는 교사, 학부모, 지역민, 생태 텃밭 활동가, 아이들 등 30명이 넘게 모였고 온라인 중계도 했다.

동근과 상글, 이 보기 좋은 부부는 오늘 행사의 주최자이다. 농부로만 보았던 평소와는 다른 분위기를 풍겼지만, 그것도 잘 어울렸다. 1년 동안 구례지역 3개 초등학교에서 펼친 생태 텃밭 교육을 사진과 함께 설명해 주었다. 남원, 순천 등지에서 지내다가 구례에 정착하며 시작한 청년 농부들의 텃밭 교육 이야기는 깊이와 폭을 두루 갖춰, 보는 내내 마음이 따뜻했다. "저희는 운동이라고 생각해요." 그 말이 허언이 아님을 준비, 실행, 평가의 치열함으로 보여 주었다.

"어린 사람들을 가르치는 건 처음이었어요. 3학년분들이 글쓰기를 어려워한다는 것도 잘 몰랐어요." 칩코는 시종일관 아이들에 대해 경어를 사용했고, 얼굴에 웃음이 떠나지 않았다. 작년 우리 학교 생태 텃밭 교육을 담당했던 청년 농부 칩코는 존댓말이 생활인 착한 선생님이다. 칩코가 남원에서 살던 때, 공동체를 이룬 동지들과 놀고, 먹고, 살아간 이야기를 했다. 내가 한 번도 겪어 보지 못한 일들이어서 부럽고도 부러웠다. 이탈리아인들의 3대 생활신조인 '노래하고(Cantare),

먹고(Manzare), 사랑하고(Amore)'를 실현하는 사람들. 남은 삶은 그들처럼 살고 싶다. "아이들은 칩코쌤이 자신들을 어떻게 생각하는지 다 알아요." 3학년 윤숙쌤이 말했다. 지당하신 말씀이다.

현경, 처음 본 활동가인데 인상 깊었다. 자급, 교육, 기후행동, 출판. 그가 자신을 설명하는 키워드인데 자급을 가장 중요하게 생각한다고 했다. 자신이 먹을 것을 생산할 수 있어야 자급할 수 있다는 말도 덧붙였다. 《순례 주택》이라는 책에서 순례 씨의 "수림아, 어떤 사람이 어른인 줄 아니? 자기 힘으로 살아 보려고 애쓰는 사람이야."라는 말을 떠올리게 한다. 그렇다. 나이와 상관없이 자립하려고 애쓰는 사람이 어른이다. 그런데 가끔 누구 뒤에 숨으려고 하는 어린 나를 발견하곤 한다. 현경은 이미 자립한 듯했다. 그의 이력 중에 제일 인상 깊은 것은 출판이다. 그는 생태 텃밭 교육을 온전히 기록한 책을 출판했다. 그 일은 "역사는 기록하는 자의 것이며, 기록은 늘 옳다."라는 나의 신념과도 닿아 있다. 관사로 돌아와 그의 기록을 다시 한번 꼼꼼하게 읽었다. 청년 농부들이 우리 아이들과 펼칠 2023년을 신뢰한다.

한동안 학교 수돗가에 걸려 있던 시래기와 수세미는 청년 농부들과 아이들의 텃밭 활동 결과물이었다. 그 어떤 성과보다 믿음직하고 흐뭇했다. 공유회에서 30년 경력의 여성농민회 활동가는 서툰 농부에게 질 좋은 부엽토를 안내했고, 학부모와 교사들은 그들의 도전에 참여와 응원으로 힘을 보탰다. 다만, 꼰대 교장은 그 기질을 참지 못하고 청년 농부들의 생계와 정착을 걱정하여 잔소리만 보태고 말았으니 뒤늦은 후회는 생태탕과 소주로 달랠 수밖에 없었다. 언제쯤 그 입을 참을 수 있을까?

2022년 11월 25일

# 가을 우체국 앞에서

학교 앞 용방우체국의 풍경이 사랑스럽다. 직원 두 명만 근무하는
작은 우체국 문을 열면 곧 무슨 좋은 일이 생길 것만 같다.

우리 용방과 이니셜이 같은 YB밴드 윤도현의 명곡 〈가을
우체국 앞에서〉를 참 좋아한다. "노오란 은행잎들이" 깊게
드리워진 우체국을 생각하면 저절로 웃음이 나온다. 교장실
유리창으로 용방우체국 집배원 아저씨가 나타나면 예외 없

이 가슴이 뛴다. 열 번 중에 일고여덟 번은 한겨레신문 배달이지만 나머지 두셋 때문에 매일 목을 빼고 기다린다. 용방우체국은 학교에서 200m 거리에 있어서 걸어서도, 킥보드로도 순식간에 다녀올 수 있다. 아마도 우체국을 전국에서 가장 많이 이용하는 교장일 거라고 직원들이 말할 만큼 뻔질나게 드나든다. 대부분 달마다 펴내는 손바닥 책 〈짱구쌤 용방살이〉와 손편지를 부치러 간다.

일주일에 한두 번씩 손편지를 받고 보낸다. 대부분 오래전 제자들이거나 옛 동료들이다. 가끔 학교로 찾아오는 제자들이 오래전 자신이 쓴 편지를 보고는 무척 놀라워한다. "사랑하는 짱구쌤"으로 시작하는, 서투르지만 진심을 담아 꾹꾹 눌러 썼던 어린 날 편지를 십수 년 지나서 다시 읽으며, "아, 진짜 유치찬란해."라고 하면서도 대부분 눈물을 흘린다. 관사 다락에 보관한 3천 통이 넘는 편지를 가끔 꺼내 읽는다. 아무 편지나 집어 들어도 나는 곧바로 그 시절로 돌아간다. 편지의 압도적 힘이다.

아직도 손편지의 힘을 믿는다. 그림책 《엉터리 집배원》의 그 아저씨는 글을 읽을 줄 모르는 할머니를 위해 연락 없는 이국만리의 아들을 대신해 거짓 편지를 읽어 드린다. 매일 집배원을 기다리는 촌 할머니의 마지막은 그래서 아름답고 행복했을 것이다. 오늘도 용방우체국 집배원의 오토바이가 들어오고 나는 벌떡 일어나 달려 나간다. 오늘은 누굴 만날까?

2022년 12월 1일

# 중력 가득한 교실에서

수학 / 4학년 / 김누리 선생님 / 2020. 7. 22.
수업 주제 : 자료를 조사하여 막대그래프 그리기

## 삶과 앎이 그리 멀지 않도록

시작부터 끝까지 생기가 가득했던 이유는 무엇이었을까? 해야 할 공부의 주제가 급식 메뉴, 화단의 꽃, 방과 후 프로그램처럼 학교생활과 맞닿아 있어서 '왜 배우지?' 같은 괴리가 애초부터 생겨날 수 없었을 테고, 마음 맞는 친구들이랑 조를 이루었으니 들러리 서는 일도 피할 수 있었기 때문일 테다.

수업 후 번개 같은 속도로 교장실 칠판에 "보리지 꽃을 심어 주세요!"가 게시된 걸 보니 오늘 수업에서 배운 것이 여러모로 '쓸모'가 충분하였다.

## 쓸모를 차별하지 않는다

교실에서 주운 연필을 깎아 놓으면 크기도 모양도 제각각이지만 그 쓸모는 변하지 않는다. 몽당연필은 그것대로 누군가에게 '그립감' 좋다는 이유로 사랑받듯이, 교실의 누구든 사랑과 관심 속에서 배우면 모두 저마다의 빛깔로 빛난다. 가르침을 업으로 삼는 자들의 믿음이다. '쓰잘데기없다'고 평가받는 것들의 '쓸모'를 발견하는 순간의 기쁨을 누리는 것도 역시 선생의 특권이다.

40분 수업을 위해 준비한 선생님의 많은 시간과 노력이 순간에 휘발되지는 않을 것이다. 아이들 한 명 한 명에 주목하며 이야기를 나눴고, 이번 수업의 너머에도 함께 마음을 두었기 때문이다. 우리가 '공개 수업'이라 하지 않고 '수업을 공개하고 나눈다'라는 의미로 '수업 나눔'이라 부르는 이유이기도 하다.


## 끌어당기는 힘

"중력, 끌어당기는 힘으로 우리가 존재합니다. 이는 매우 과학적이며, 철학적이고 문학적입니다."

내가 거의 매일 듣는 클래식FM 〈세상의 모든 음악〉의 오늘 오프닝 멘트 중에 나온 말이다. '끌려다니다', '끌고 가다'

를 넘어 서로를 끌어당기는 힘이 오늘 수업 나눔 교실에 가득했다.

과학적인 건 수많은 법칙으로 배웠으니 각설하고, 우리가 주목해야 할 것은 서로를 끌어당기는 힘이 한쪽으로 쏠리지 않고 적당한 거리에서 온전할 수 있도록 인내하는 철학과 문학적인 상상력일 것이다.

존재를 가능케 하는 중력을 우리가 전혀 느끼지 못하고 사는 것처럼, 어쩌면 우리는 교실에서, 교정에서 서로를 끌어당기는 힘을 무심하게 지나치고 있을지도 모르겠다.

# 누구나 주인공이 될 수 있다

과학 / 3학년 / 김효정 선생님 / 2021. 6. 3.
수업 주제 : 자석을 철로 된 물체에 가까이 가져가면

## 주연과 엑스트라의 결정적 차이

드라마나 영화를 보면 주연은 하고 싶은 말을 다 하고 죽지만, 엑스트라는 말없이 그냥 죽기 십상이다. 엑스트라도 가족과 친구도 있고, 애틋한 사랑도 해 보았을 텐데 말이다. 그래서 누구나 주인공을 꿈꾸지만, 현실은 그리 녹록하지 않다.

어른들이 흔히 하는 말씀, "나 살아온 이야기를 하자면 소설 몇 권은 써야 해!"는 그냥 지나칠 말이 아니다. 누구에게나 스토리가 있고, 거기에 주목하면 누구든 주인공이 될 수 있다.

## 수업, 주인공으로 세워 주는 일

코로나 때문에 시국이 시국인지라 학부모님들의 참여는 크게 기대하지 않았으나 절반 정도가 오셨으니 보통 관심은 아니다. 아이들과 학부모 양쪽을 번갈아 살폈는데, 누구나 그렇듯 자녀에게 맞춰진 시선은 웬만해선 흔들리지 않는다. 일거수일투족에 한숨과 미소가 바삐 넘나든다. 누가 뭐래도 오늘 수업의 주인공은 '내 자식'이며 그것은 고정된 시선으로 유지된다.

선생님은 코로나를 고려하여 개별 실험자료를 꼼꼼하게 준비했다. 결과적으로 이 수업의 유일한 아쉬움은 코로나로 인한 토의와 협력의 한계밖에 없었다. 학생 개개인은 시종일관 실험과 기록에 열중했고 어느 한순간도 지루할 틈이 없었다.

1단계 클립 가까이하기를 지나 플라스틱과 종이의 간섭을 확인했다. 이어서 하이라이트인 물이 든 페트병 실험까지 수위와 완급을 조절하며 전원 완주의 기쁨을 맛보았다.

오늘 수업에서 선생님의 가장 큰 미덕은 자연스러운 편안함이었다. 학습자가 크게 경계하거나 두려워하지 않고 수업에 집중할 수 있도록 목소리와 시선, 몸짓으로 너른 품을 느낄 수 있게 해 주었다.

두려움 없이 배우는 교실, 개인적으로 '짱구쌤'이라는 별명을 수십 년 전부터 고집하는 이유이기도 하다. 좀 만만한 선생님이 되고 싶다. 주연을 돋보이게 하는 조연쯤.


## 교실, 주연을 경험하는 곳

오늘도 나에게 교사임을 확인시켜 주는 '우리 반 ○○○'
이 있다. 눈에 자주 띄고, 하루에도 몇 번 속을 뒤집어 놓는
녀석 말이다. 반대의 경우도 있다. 있는 듯 없는 듯 조용한
아이, 자기만의 세계가 깊은 아이, 더딘 속도로 배우는 아이.
멜로, 스릴러, 액션, 코믹 등 다양한 장르의 주인공들이 지금
내 교실에 있다. 더 자세히 살펴보고 말 걸어 보면 누구에게
나 자기만의 스토리가 있고, 꽤 근사한 주인공을 발견할 수
있다. 지금 당장 대박 나지 않더라도 늦게 빛을 발할 수도 있
지 않은가? 학교는 세상에 나가기 전, 주인공을 경험하는 곳
이다.

셋

# 어려서는 외가, 커서는 처가

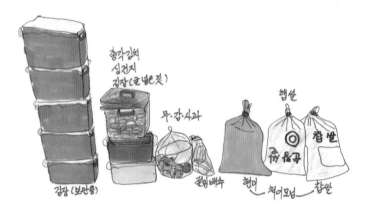

싼타페 짐칸을 가득 채운 영암 덕진밭 꾸러미들을 아파트 현관 앞에 부려 놓았다.
그걸 본 이웃이 "장모님 등골깨나 휘었겠네."라며 웃었다.

　개똥도 약에 쓰려면 없다더니 딱 그런 격이다. 건장한 아들
이 둘이나 되건만 이럴 땐 늘 안 보인다. 할 수 없이 장모님이
싸 주신 보따리들은 우리 부부가 옮겨야 한다. 결혼한 지 25
년이 지났지만, 아직도 김치와 쌀을 비롯한 기본 식량은 모두
처가에서 나온다. 오랜만에 영암에서 가족들을 만나 김장을

하며 즐거운 시간을 보내고, 서울, 광주, 순천의 네 딸은 각자 집으로 가져갈 친정엄마의 정성을 챙기느라 분주하다. 나를 포함한 사위들은 "어렸을 땐 외가 음식, 커서는 처가 음식이라는 어른들 말씀이 딱 맞네!" 하며 서둘러 짐을 꾸려 각자의 집으로 출발한다.

유난히 장단이 잘 맞는 처가 식구들과 지난해 추석을 우리 학교에서 보냈다. 집에서 치르는 명절은 온전히 장모님 몫이어서 집을 일단 탈출해 보자는 자식들의 꼼수는 성공적이었다. "뭔 명절을 딴 데서 보낸다냐?"며 시큰둥하셨던 장모님도 막상 집을 떠나니 홀가분하신지, 또 자식들 다 모이니 흡족하신지, 내내 얼굴에 웃음기가 가득했다. 달 밝은 날 정자에서 오래도록 정담도 나누고 다음 날은 일찍부터 서둘러서 노고단까지 올라갔다. 더없이 좋은 추석이었다. 이태 전에 돌아가신 장인어른을 모시지 못한 것이 유일한 아쉬움이었다.

직장 동료들과 가끔 읍내에서 하는 '번개' 모임은 특별한 즐거움을 선사한다. 수업 나눔이 있는 날, 조금 큰 학교 행사를 마친 날, 비님이 그럴싸하게 오는 날, 그냥 별 이유 없이 눈들이 마주친 날엔 '번개'를 한다. 구례 읍내의 용식이 삼겹, 아지터, 술고래 등 이름만 들어도 웃음이 나오는 곳에 모여 학교 안에서는 절대 나누지 못할 말과 분위기로 결속한다. 늘 적당할 때 모임이 정리되는데, 그러면 나는 호기롭게 목소리를 높여 외친다. "오늘은 내가 쏩니다." "왜요?" "어렸을 땐 외가, 커서는 처가, 학교에선 교장 것 먹고 살자!" "푸하핫." 대부분 거사는 실패로 끝나고 n분의 1 계산서가 그날 밤이 지나기 전에 도착한다. 카톡!

2022년 12월 5일

# 괜찮아, 선생님이 널 어떻게 하겠냐

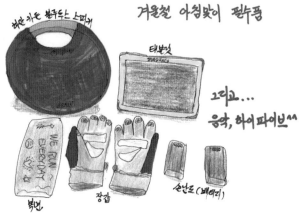

아침 8시. 클래식 음악이 교정으로 퍼진다. 거의 매일 똑같은 순서로
등교하는 아이들과 선생님들을 맞이하러 나서는 발걸음은
그날그날 울리는 선율에 맞춰진다.

오늘은 유독 추운 날이다. 이런 날에는 채비가 중요하다.
어제 충전해 놓은 손난로부터 확인하고 자전거 마라톤 기념
품인 복면(마스크)과 스키용 장갑까지 착용해야 한 시간을 견
딜 수 있다. 그리고 너무도 사랑스러운 하만 카돈 스피커를

핸드백처럼 들고 도서관 앞 주차장으로 나간다. 태블릿에서 클래식FM을 켜면 이제후 아나운서의 〈출발 FM과 함께〉가 교정에 퍼진다. 이젠 체온을 올리기 위해 걷기가 필요하다. 아이들이 도착하기 전까지 10분 정도 주차장을 빠르게 걷다 보면 오늘도 가장 먼저 원준이네 쏘나타를 만날 것이다.

채 잠이 덜 깬 원준이와 하이파이브를 하고 나면 곧이어 몽우네 K8이 들어오지만 몽우는 바로 내리지 않는다. 한참 후 내리는 부스스한 머리의 몽우와 악수를 하면 1차 에듀 버스가 도착한다. 기사님, 승차 도우미 여사님과 반가운 인사를 나누고 20여 명의 아이와 하이파이브를 한다. 오늘따라 상훈이의 표정이 좋지 않다. "상훈아, 왜 그래? 오늘 숙제를 안 했다고? 괜찮아, 선생님이 너를 어떻게 하겠냐? 그리고 오늘 급식은 마라탕이야." "마라탕이요?" 순식간에 상훈이의 표정은 밝아지고 라디오 디제이의 음성은 더욱 낭랑하다.

침대의 유혹과 엄마의 잔소리를 뚫고 용감하게 학교에 오는 아이들을 아침마다 맞이한다. 대부분의 혁신학교가 아침맞이를 하는 이유는 간단하다. 학교가 가장 안전하고 편안한 곳이길 바라기 때문이다. 이어서 에듀버스가 가기 어려운 동네에 사는 아이들 등교를 도와주는 에듀택시가 들어오고 여민이네, 규현이네, 단비네, 하늘이네가 잇따라 등교한다. 오늘도 은율이네와 예준이네가 꼴찌를 다툰다. 두 집 덕분에 나의 걷기 시간은 늘어났고 건강도 그만큼 좋아졌겠지만, 바라건대 겨울에는 조금씩만 더 일찍 와 주시면 안 되겠나요?

2022년 12월 6일

# 우리에겐 우물가 유전자가 있다

오늘 짱구쌤과 실내화를
빨았다. 실내화를
빨때 거돌이 나서
재미있었다

경성훈

지금은 전학 간 성훈이가 1학년 때 그린 그림.
짱구쌤과 실내화 빨기를 마치고 담임쌤과 후속 수업에서 그렸다고 했다.
기분 좋아지는 색감과 부풀어 오른 거품이 절로 웃음 짓게 한다.

"나한테는 책 읽으라고 하지만 안방에서 맨날 핸드폰으로
드라마 보는 것은 엄마야."

"우리 아빠는 내가 아직도 아기인 줄 아나 봐. 시도 때도
없이 뽀뽀해 주래."

성훈이는 과묵하고 미소가 매력적인 아이지만 수돗가에서 빨래터가 열리면 누구보다 수다스러운 아이로 변한다. 성훈이만 그런 게 아니라 운동화 솔을 든 모두가 그랬다. 이쯤 되면 수천 년 내려온 우물가 유전자를 우리 한국인 모두 깊이 간직한 것으로 봐야 한다. 짱구쌤도 예외는 아니어서 아이들 사이에서 묵은 때 가득한 실내화를 빨다 보면 이야기판에서 나올 생각이 안 든다. 덕분에 아이들과 친해지고 덤으로 실내화는 새 빛을 발한다.

초등 보통교육을 받은 아이가 스스로 자기 실내화를 빨지 못한다? 정상적인 상황은 아니다. 단군 이래 가장 똑똑한 세대라고 불리는 요즘 아이들이지만, 스스로 뭔가 해내는 힘이 지금만큼 약한 시대는 없을 거라는 생각을 한다. 그러니 서른 넘어서도 부모에게서 독립하지 못하는 캥거루족이 갈수록 늘어난다. 적어도 학교교육에서 그런 기회를 자주 주는 것이 교육과정의 본령이었으면 좋겠다. 역량을 키울 기회 말이다. 역량 중심 교육과정을 삶의 힘을 기르는 것이라 이해했다. 생활과 동떨어지지 않은, 문제를 직시하고 그것을 해결해 내는 힘을 기르는 교육, 실내화를 빠는 일이 그러기를 바란다.

1학년 때 앞의 예쁜 그림을 그린 성훈이는 3학년을 마치기도 전에 경기도로 전학을 갔다. 두 달에 한 번 정도 짱구쌤 수업을 통해 실내화 빨기를 했는데 수업 후에 보내 준 저 그림 덕분에 참 행복했다. 밝은 색감의 글씨와 적당히 부풀어 오른 거품을 보면 절로 기분이 좋아졌다.

"성훈아! 짱구쌤은 잘 있단다. 형이랑 나중에 꼭 한번 놀러 오렴. 네가 좋아하는 레몬아이스티 맛있게 만들어 줄게."

2022년 12월 7일

# 어느 날 갑자기 교장이 되었다 하여

교문 초입에 서 있는 학교 팻말. 불확실한 미래에 어떻게 혁신까지 더하지?
우리가 잘하는 것에서부터 시작할 수밖에.

"28년간 교사를 하다가 어느 날 갑자기 교장이 되었다 하여 없던 리더십이 생길 리는 만무합니다. 그러니 하던 일을 잘하는 교장이 되겠습니다."

3년 전 부임했을 때 직원들에게 보낸 첫 문자메시지다. 하던 일이란 당연히 수업이기에 지금까지 부족하나마 수업은 계속해 왔는데, 그사이 새로운 리더십이 어떻게 구현되었는지는 알 수 없다. 하지만 적어도 나와 관계없는 것이 뜬금없이 나타나지는 않았다고 믿는다.

교육부 공모 사업인 학교 단위 공간혁신 대상 학교에 선정되면서 전남교육청으로부터 미래형 혁신학교로 지정받았다. 2016년부터 혁신학교를 운영하며 폐교 위기를 넘어선 데다 공간혁신이라는 시대적 화두를 받아든 결과이기도 했다. 하지만 나를 포함한 교직원들은 기대와 함께 걱정도 많았으니, 무엇보다 '미래'에 대한 부담감 때문이었을 거다. 뭣이 미래지? 거기에 미래형 혁신이라니?

입을 모아 합의하지는 않았지만, 우리에게 미래는 적어도 AI나 챗봇 같은 기능적인 부분으로 한정할 수 있는 게 아니었다. 그렇다고 뜬구름 잡는 담론, 가령 4차 혁명 같이 잘 알지 못하는 것에 기대고 싶지도 않았으니, 우리 방식으로 해석하고 돌파하는 수밖에 없었다.

"앉아서 미래를 기다리지 않고, 우리가 가장 잘 아는 것으로 미래를 열자!" 우리는 꾸준하게 '지역과 생태'라는 키워드를 붙잡고 혁신학교를 운영하였으니 미래에도 이 학교와 지역이 존속할 수 있도록 하는 것이 가장 중요했다. 구례의 여러 개인과 교육과정이 학교 울타리로 들어와 자리를 잡았으니, 이 학교와 지역에서 우리 아이들이 '구례를 사랑하고, 구례에서 오래 살아갈 사람'으로 자라기를 바란다.

그리고 우리의 미래는 '공간'이다. 내가 살아갈 곳을 바꾸어 보는 적극적인 교육행위, 불편한 것을 고쳐 보고, 새로운 곳을 창출해 내는 공간혁신을 통해 미래를 펼쳐 보이고 싶었다. 지난 3년 동안 공간혁신과 관련한 여러 활동에 주력한 이유이다.

지역, 생태, 공간, 이것이 우리의 미래이다.

2022년 12월 16일

# 숫자로 보는 2022년 짱구쌤 자기 평가

40년 원조 타이거즈 팬이다. 코로나로 개막전에 직접 가지는 못했지만,
TV 중계를 기다리며 태블릿 배너 응원, 양현종 유니폼, 테라 맥주까지 챔피언스 필드 직관에
버금가는 준비를 했다. 결과는 기대를 무참히 저버리는 패배였지만.


**178**

아침맞이 일수. 학교는 가장 안전하고 편안한 곳이어야 한다.
블루투스 스피커와 하이파이브로도 충분하다.

## 1120

짱구쌤과 차 마시기 연인원. 화요일부터 금요일, 10시 30분부터 40분까지 사전 예약을 받아 운영했다. 똘감(고욤)잎, 보이, 히비스커스, 모과는 따뜻한 차로, 매실, 복숭아, 레몬, 꽃사과는 시원한 차로 만들어 내놓았다. '노쇼'를 하는 고객(?)들도 종종 있었다.

## 411

발송 우표 수. 〈짱구쌤 용방살이〉와 손편지를 보내려고 용방우체국에 간다. 봉투에 우표를 붙이고 우체통에 넣을 때까지 그 사람을 생각한다.

## 10

수업 이야기 편 수. 수업 나눔을 보고 쓴 수업 이야기는 교실에 건네는 연애편지다. 출장, 건망증을 핑계로 많이 빼먹었다. 이 세상 '좋은 수업'의 수는 모든 선생님의 수와 같다.

## 140

짱구쌤 수업 시수. 유치원은 39권의 책을 읽어 주었고, 초등은 실내화 빨기, 목공, 삼팔선 놀이, 해바라기 놀이, 글쓰기 수업을 했다. 빼먹은 수업의 보강은 없다.

## 10197

독서 쪽수(그림책 96권 포함). 그림책은 쪽 표시가 없어서 일일이 세야 했다. 만 쪽이 넘어서 아이들이 선물로 받는 새 도감을 나도 받았다.

## 41

공간혁신 협의회 수. 교육지원청, 교직원, 담당쌤, 설계자와 만날수록 공간은 아름다워진다.

## 5800

드릴로 박은 나사못 수. 겨울엔 노고단이 보이는 데크 쉼터, 여름엔 다락이 있는 복층 정자, 가을과 겨울엔 트리하우스에서 임 주무관님의 조수로 살았다. 이제 드릴은 웬만큼 한다.

## 365

후회한 날수. 더 웃었어야 했고, 조금 더 기다렸어야 했다.

## 419

공모 교장 임기 만료까지 남은 날수.

2022년 12월 27일

# 누가 교장쌤을 물어도 몰라요

교장 관사엔 저녁 내내 음악만 가득하다. 누구의 간섭도 없는 그곳에서
내가 가장 좋아하는 음악을 맘껏 만난다. 4년 내내 축복이었다.

순천에 있는 집까지 30분 거리이니 매일 출퇴근도 가능하
지만 나는 관사에 있는 시간이 좋다. 텅 빈 학교 이곳저곳을
다니며 맘껏 즐기고 노는 것도 좋지만 무엇보다 큰 소리로
음악을 들을 수 있기 때문이다. 어렸을 때부터 음악 듣는 것

을 좋아해서 공부할 때도 항상 라디오를 켜고 음악을 들었다. 효율 측면에선 공부에 큰 도움이 되었을 리 만무하지만. 그 좋은 음악을 오디오 음량의 3분의 1도 올리지 못하고 듣는 아파트 생활이 만족스러울 리 없으니 자연히 이곳 관사에서 머무는 시간은 늘어날 수밖에.

이른 저녁을 먹고 8시까지 클래식FM 〈세상의 모든 음악〉을 끝까지 듣고 나면 장르 불문, 가수 불문의 음악 감상이 시작된다. 깊은 소리를 자랑하는 송가인의 〈서울의 달〉을 듣고, 조안 바에즈를 거쳐 송창식까지 가야 1부가 마무리된다. 국창 김연수의 〈적벽가〉 중 〈조자룡 활 쏘는 대목〉 한바탕을 들으면 크로스 오버 그룹 '두 번째 달'은 저절로 대기한다. 비틀스와 오아시스, 므라즈와 에드 시런을 짝으로 거치고 나면 마지막은 클래식이다. 예전엔 조성진이었으나 지금은 단연 임윤찬이다. 평생 산에 들어가 세상의 모든 피아노곡을 치고 싶다는 스무 살 청년의 놀라운 협연, 광주시향과 함께한 앨범은 모두가 명곡이다. 모든 좋은 음악은 장르를 따지지 않는다. 디테일이 살아 있고 감동적이다. 어느덧 자정이 가까워지고 내일 근무만 없다면 밤을 새워도 좋을 아쉬움을 뒤로하고 잠자리에 든다.

그 누구의 방해도 받지 않고 마음껏 음악을 들을 수 있는 관사는 학교에서 제일 구석진 곳에 있다. 마을과도 한참 떨어진 곳이기에 4년 동안 밤에 재미있게 놀 수 있었다. 교감 선생님은 구석진 관사를 두고 "누가 와서 교장쌤을 묻어도 아무도 모를걸요."라며 별난 취미를 짐짓 시기하듯 걱정한다.

2023년 1월 3일

# 졸업하는 친구들에게

유난히 추운 겨울날, 학교 근방 새들을 찾아보는 프로그램에 함께했다.
새를 너무 사랑하는 김인철 박사의 가이드는 훌륭했고 아이들은 내내 진지했다.
서시천 탐조 때는 만나기 어렵다는 노랑부리저어새도 관찰했다.

2023년 졸업식 축사를 옮긴다.

유례없는 추위가 한창인 가운데 그나마 어제와 오늘은 견
딜 만한 겨울입니다. 먼저 빛나는 졸업장을 받은 자랑스러운

78회 용방초 아홉 명의 졸업생들께 축하의 마음을 전합니다. 아울러 이들의 지난날을 격려하고 앞날에 축복을 건네기 위해 이 자리에 참석하신 학부모님과 가족분들, 재학생과 교직원 여러분께도 깊은 감사의 말씀을 드립니다.

## 항상 친절한 말투로 멋지게 생활하는 승준아!

정직하고 부지런한 부모님처럼 다른 사람에게 행복과 기쁨을 전하는 구례 제일의 택배 사장님이 되길 바란다.

## 우리 학교 최고의 댄서 지훈아!

네 멋진 춤 실력이 한동안 그리울 거야. 꿈과 희망을 짓는 씩씩하고 듬직한 중장비 사장님이 되어 우리 고장과 가정에 이바지하는 사람이 되렴. 나중에 우리 학교에 중장비 가져와서 쉼터도 만들어 주고.

## 예의 바르고 관찰력 좋은 용근아!

어제 마지막 급식을 먹고 나서 공손하게 인사하는 모습이 참 대견하더라. 세상 모든 사람에게 즐거움을 주고 세상을 밝게 만들어 주는 프로그램을 개발하는 유능한 사람이 되리라 믿는다.

우리 학교 최대 5남매의 첫째이자 매사에 꼼꼼한 은진아!
배우가 되고 싶다 했지? 나중에는 받기 힘들 것 같으니 지금
이라도 은진이 사인을 받아 두어야겠다. 짱구쌤이 좋아하는
윤여정 배우처럼 단박에 빛나지는 않더라도 오래도록 사람
들에게 기억될 수 있는 명품 배우가 되면 좋겠다.

뛰어난 패션 감각과 배려심 많은 현아야!
가운데 놀이터에서 늘 들리던 너의 호탕한 웃음소리는 이제
사라지겠구나. 지금처럼 다른 사람들을 만나면 웃음부터 지
으며 상대방의 마음을 잘 읽고 어루만져 주는 따뜻한 심리상
담사가 될 거야.

누구보다 친구들의 고민을 잘 들어 주는 착한 민지야!
가끔 교장실에서 너와 나눴던 차 한잔의 시간이 그립구나.
콕 집어서 삼성 회사원이 되고 싶다고 했다지? 핸드폰이든
반도체든 세계 제일의 제품을 만드는 회사이니 가고 싶은 것
은 당연하겠지만, 거기 말고도 좋은 회사 많으니 너의 능력
을 맘껏 발휘할 곳을 천천히 찾아봐.

어떤 일에든 집중 잘하는 정안아!
사진 속 꼬꼬마가 벌써 이렇게 멋진 숙녀가 되었구나. 앞으

로 커 가면서 겪게 될 너의 성장기를 경험 삼아 다른 청소년들이 덜 방황할 수 있도록 실력 있고 다정한 상담사가 되어 주길 바란다.

### 우리 학교에서 제일 빨리 달릴 수 있는 주은아!

짱구쌤도 잘 달리는데 달리기 시합을 한 번도 못 해 봤네. 오븐으로 세상 가장 맛있는 요리를 만드는 파티시에는 속도보다는 시간과 정성을 다하는 직업이라 들었어. 달리기는 빠르지만, 요리는 여유 있게 사랑을 담아서 하면 좋겠다.

### 애교 만점 소영아!

이제 누가 짱구쌤 멋지다고 칭찬해 줄까? 나중에 짱구쌤이 〈소영 뷰티 네일샵〉에 가면 특별할인가로 잘해 줄 거지? 구례를 넘어 다른 지역 관광객들도 앞다투어 찾아오는 인싸들의 핫플레이스가 될 수 있도록 실력을 기르는 데 많은 노력을 해야 한단다.

짱구쌤은 스포츠를 좋아하는데요. 특히 축구와 야구를 정말 좋아합니다. 역사상 가장 위대한 축구선수 중 한 명이었던 펠레는 월드컵을 세 번이나 들어 올린 브라질의 축구 영웅이자 세계 축구 팬들의 존경을 한 몸에 받았던 슈퍼스타였습니다. 펠레는 "우리가 가진 특별한 차별성이 우리를 더욱 아름답게 만들었다."라고 늘 말했습니다. 연예인처럼, 부자처럼, 모두가 똑같아지려고 발버둥 치는 세상에서는 행복과 아름다움을 찾기 어렵습니다. 아무리 애써도 내가 그 사람이 될 수는 없으니까요. 펠레의 말처럼 우리가 가진 고유한 특성을 더 사랑하고 잘 살려서 나만의 아름다움과 행복을 잘 찾아가는 사람이 되길 바랍니다. 여러분은 충분히 아름답고 멋집니다. 졸업생들의 새로운 출발을 힘껏 응원합니다. 고맙습니다.

2023년 1월 5일

# 긍게 사람이제

《아버지의 해방일지》는 구례에 사는 정지아 작가의 소설이다.
이 작가를 우리 학교 다목적실에서 열린 작가와의 만남에서 처음 만났는데,
예상했던 것보다 훨씬 재미진 분이었다.

## 산림조합 장례식장

익숙한 지명이 등장한다. 소설의 배경이 구례인 탓이다. 구
례 중앙초와 문척 다리와 오거리슈퍼도 등장한다. 아버지의
마지막은 산림조합 장례식장이었는데, 그곳에서 3일간 치른
장례가 소설의 주된 이야기이다. 4년을 빨치산으로 살다 위

장 자수, 투옥, 재수감을 거쳐 평생 '빨갱이'의 천형을 안고 산 아버지가 치매를 앓다 전봇대에 부딪쳐 죽었다. 장례식장을 찾은 사람들과 얽힌 이야기는, 얼핏 무거울 거란 우려를 씻고 시종 유쾌하고 감동적이다. 작가의 내공이다.


## 빨치산의 딸

1988년에 읽은 이태의 《남부군》, 1989년에 읽은 조정래의 《태백산맥》은 반쪽짜리 역사를 거부하던 청년학도에겐 새로운 세상이었다. 남북 양쪽 모두에서 정당한 평가를 받지 못한 빨치산 이야기는 분단의 현실과 겹치며 더욱 드라마틱한 상상력을 자극했다. 뒤이어 1990년에 나온 정지아의 《빨치산의 딸》은 그 정점을 찍었다. 작가의 부모는 자신들의 빨치산 무대였던 지리산과 백아산(실은 백운산)에서 한 글자씩 따서 딸의 이름을 지었다고 한다. 빨치산의 딸, 정지아는 문창과를 갓 졸업한 스물다섯 살의 글이라 믿을 수 없는 이야기꾼 실력을 보여 주었다. 작가는 이 같은 평가에 "이 책은 소설이 아니라 실록"이라며 작가라는 주변의 호칭이 부담스러웠다 술회한다.

## 내가 알던 아버지는 진짜일까

평생 좌익 부모의 외동딸로 살면서 겪었을 차별과 체념을 앞자리에 세울 만도 한데 이야기는 재미와 감동을 쉼 없이 선사한다. 평생 불화한 동생과 가족들, 토벌군 출신 35회 동창 박 선생, 민노당원 동식, 장례식장 주인 황 사장, 감옥 빨치산 동지들(전향과 비전향), 월남 상이용사, 오거리슈퍼집 손녀 노란 머리 등 구례 어디에서나 마주칠 법한 사람들 이야기가 살갑다. 4년 사회주의자 아버지는 82년을 살면서 좌우를 막론하고 고향 사람들과 잘 지냈다. 보증으로 돈을 떼인 적도 두 번이나 되고 철 지난 빨갱이 타령으로 많은 이들에게 데이고도 "오죽흐먼" "긍게 사램이제" 하며 사람에 대한 신뢰를 거두지 않았다. 새로운 인물과 만날 때마다 알게 되는 아버지의 새로운 모습에 어리둥절한 딸은 내가 알던 아버지의 모습은 진짜였을까 생각한다. 양주는 제국주의 술이라며 한사코 소주만 드셨다는 아버지는 딸이 보내 준 시바스 리갈을 소주 한 궤짝으로 바꿔 마시고, 귀하게 얻은 로열 살루트 32년산은 소주와 바꿔 주지도 않는 아무도 알지도 못하는 양주를 뭐 하러 보냈냐며 타박했다. 속이 놀놀한 다섯 살짜리 딸 때문에 하동댁 궁댕이 두들겼다가 술 한잔도 못 하고 실비집에서 나와야 했던 이야기는 두고두고 웃음이 나온다.

## 대촌 저수지 겨울 낚시

빨치산의 딸은 어릴 적 물놀이 데려갔던, 늘 목말을 태우고 동네방네 다녔던 따뜻한 아버지를 기억한다. 늘 원칙주의자였던 아버지는 현실을 살아야 하는 엄마와의 논쟁에서 불리해질 때마다 무엇을 위해 그 산에서 목숨을 걸고 견뎠는지를 물으며 엄마의 마지막 남은 빨치산 자존심을 건드려 승리했다. 이미 아버지가 쥔 패를 다 아는 놀놀한 딸은 그래서 부모가 밉지 않다.

나도 아버지를 떠올리면, 오래전 돌아가셔서 다른 기억은 가물가물하지만, 뚜렷이 기억나는 장면이 하나 있다. 중학교 2학년 겨울방학, 눈이 겁나게 오던 날, 아버지는 나를 데리고 이웃집 윤 선생과 함께 대촌 저수지로 낚시를 하러 갔다. 시외버스에서 내려서도 한참을 걸어서 도착한 저수지에선 고기 한 마리 낚지 못했고, 언 손을 불며 눈을 녹여 버너 불에 라면을 끓여 먹었다. 손이 곱아서 젓가락질도 힘겨웠지만, 그때 아버지와 먹은 라면 맛과 풍경은 지금까지도 잊히질 않는다.

## 질 게 뻔한 싸움

오거리슈퍼집 손녀 노란 머리의 엄마는 베트남 사람이다. 엄마는 자기와 다르게 대학에서 한국어를 전공한 인텔리라며 손찌검당한 엄마를 애써 두둔하는 노란 머리는 돌아가신 아버지와는 맞담배 피우던 친구 사이였다. 중퇴한 노란 머리에게 베트남은 세계에서 유일하게 미국을 이긴 나라이니 자랑스러워해야 한다 말한 것도, 검정고시라도 봐서 독립하라고 부추긴 것도 아버지였다.

20대 끓는 피에 선택한 입산은 질 게 뻔한 싸움이었지만, 지금도 사회주의자 아버지에겐 절대 이길 수 없는 자본주의 세상이지만, 쫄지 않고, 비관하지 않고, 웃음을 잃지 않고 살다 마침내 해방된 아버지가 사무치게 그리울 것이라고 딸은 말한다.

이 책을 읽은 사람들의 후기처럼 나도 내내 흘러내리는 눈물과 종잡을 수 없는 웃음 사이에서 갈팡질팡하다 책을 덮었다. 어디 아버지의 이상만 그러할까? 구례 읍내를 자주 어슬렁거려 봐야겠다. 누구나 이야기가 있고, 운이 좋으면 그를 만날 수도 있을 테니.

2023년 1월 30일

# 나와 팽나무의 대화

지난겨울 어느 눈 오는 날,
관사 앞을 지키는 오래된 팽나무가 만들어 낸 풍경 앞에서 한참을 머물렀다.

일본 작가 야마오 산세이의 책《나는 숲으로 물러난다》에
는 봉숭아와 조몬삼나무의 대화가 나온다. 읽는 내내 저절
로 웃음이 지어지는 따뜻한 그 대화를 흉내 내어 나와 팽나
무의 대화를 상상해 본다.

짱구쌤 _ 나는 이곳에서 한 시간쯤 떨어진 광주가 고향입니다. 20대에 고향을 떠나 직장이 있는 완도, 영암, 신안을 거쳐 지금은 순천에서 주로 지냅니다.

팽나무 _ 나는 용방면에서 태어나 아주 오래 이 자리에서 쭉 살았습니다. 다른 곳은 알지 못합니다. 나무는 특별한 일이 없는 한 고향에서만 살아갑니다.

짱구쌤 _ 이곳저곳을 떠돌아다니는 것이 불편하기는 했지만 여러 사람을 만나고 좋은 곳들을 많이 구경하며 살았습니다.

팽나무 _ 나는 멀리에서 날아오는 새들, 계절마다 불어오는 바람을 통해 세상 소식을 듣습니다. 이곳을 지나는 사람들의 이야기도 재미있습니다.

짱구쌤 _ 나는 짱구쌤이라는 별명을 가지고 있는데 이제는 이름보다 별명이 훨씬 편안합니다. 이곳 아이들은 대부분 내 별명을 부릅니다. 아이들이 그렇게 부르면 나는 기분이 좋아집니다. 100년의 반을 넘게 살았지만, 여전히 마음은 20대 같습니다.

팽나무 _ 나를 팽할아버지라고 부르기도 하고 팽할머니라고도 하지만 뭐라 부르든 나는 팽나무입니다. 내 나이를 나도 잘 모르는데 사람에 따라 150살, 200살, 250살이라고 합니다. 어떻든 이 근처에서 나보다 오래된 나무는 없습니다. 나는 누구보다, 어느 때보다 더 푸르고 풍성합니다.

짱구쌤 _ 나는 키가 작고 몸도 호리호리합니다. 점점 머리숱은 적어지고 주름은 늘어만 갑니다. 하지만 여전히 목소리는 크고, 예전만큼은 아니어도 부지런히 걸어 다닙니다.

팽나무 _ 옆에 있는 은행나무나 메타세쿼이아는 나보다 훨씬 키가 큽니다. 한참 어린 나무가 어느 순간 나보다 커지는 것에 어리둥절했는데 내가 가진 너른 품을 따라오는 나무는 없었습니다. 나이 들수록 더욱더 단단해지는 나를 느끼기에 이젠 다른 나무를 그리 신경 쓰지 않습니다.

짱구쌤 _ 나는 당신을 거의 매일 봅니다. 아침에 일어나 관사 현관문을 열고 나와서 보는 당신 모습은 언제나 멋집니다. 잎이 없는 근육질의 지금 모습도, 이른 봄 막 새잎이 달리기 시작하는 모습이나, 한여름의 무성함도, 가을 단풍도 모두 아름답습니다.

팽나무 _ 나도 당신을 매일 봅니다. 날마다 예외 없이 이곳을 지나고 한참 동안 머물다 가지요. 당신 말고도 나를 보러 오는 사람들이 있습니다. 하지만 난 그들이 누구인지는 모릅니다.

짱구쌤 _ 모두가 없는 해 질 녘, 당신 곁에 있는 정자에 누워 바람을 느끼는 시간을 가장 사랑합니다. 지난여름 코로나로 일주일 동안 관사에서 격리 생활을 했을 때, 당신의 푸름과 우아함이 없었다면 견디기 힘들었을 겁니다.

팽나무 _ 가장 좋을 때는 아이들이 나를 오를 땝니다. '트리 클라이밍' 수업이 있을 때면 아이들의 까르르 웃음소리와 감탄에 나도 덩달아 신이 납니다. 당신의 관사에 불이 켜지면 나도 좋습니다. 하지만 나는 홀로 있어도 외롭지는 않습니다. 사실은 홀로 있지 않습니다. 수많은 새가 나에게 깃들고 그보다 더 많은 벌레와 생명이 나와 함께 살아갑니다.

짱구쌤 _ 앞으로 이곳이 많이 바뀝니다. 80년 혹은 60년 넘게 서 있던 건물들이 사라지고 새롭고 멋진 공간이 생깁니다. 세상에 하나뿐인 학교지요. 많은 사람이 당신 주위에 근사한 공원을 만들고 싶어 합니다.

팽나무 _ 지금까지 수많은 건물이 세워지고 무너져 가는 것을 보았습니다. 어떻게 변하든 나는 내 자리에서 여전할 것입니다. 멀리 보이는 노고단이 그 자리에 있듯 나도 오래 이 자리에 서 있을 겁니다. 그래도 새로운 학교가 된다니 살짝 기대도 됩니다.

짱구쌤 _ 나는 이제 1년만 있으면 이 학교를 떠납니다. 지난 3년 동안 많은 것이 좋았으나 당신이 있어 더욱더 좋았습니다. 올 1년은 당신을 더 많이 보면서 지낼 겁니다.

팽나무 _ 지금껏 수많은 사람이 당신처럼 머물다 떠나갔습니다. 그들이 누구인지 기억할 순 없지만 나를 다녀간 수많은 새나 바람과 다르지는 않습니다.

짱구쌤 _ 날씨가 많이 풀렸습니다. 이제 새잎이 돋겠군요.

팽나무 _ 그래서 설렙니다. 당신에게도 새잎이 돋기를 바랍니다.

2023년 2월 8일

# 나도 빨리 좋은 형이 되고 싶어요

통학차에서 내리자마자 두리번거리는 동생 손을 잡고 유치원으로 향한다.

"도원아! 이리 와, 형이랑 같이 가자!"

"그래, 형."

입학하고 열흘이 지난 아침 시간, 에듀버스에서 내린 유치원생 도원이는 아직도 등교가 버겁다. 엄마와 헤어져 혼자

타는 버스도 그렇고, 버스에서 내려 유치원 교실까지 가는 길도 여전히 낯설다. 누나 시원이는 1학년 생활에 적응하느라 동생까지 챙겨 주기엔 무리다. 그런데 오늘도 같은 유치원 형님 반 후민이 형이 손을 잡아 준다. 손잡고 함께 걸어가는 뒷모습이 참 다정하다.

사실 입학식 때 도원이를 보았을 때 걱정이 많았다. 잠시도 떨어지지 않으려는 아이를 두고 돌아서는 엄마 마음도 그랬을 것이다. 후민이는 처음 엄마와 떨어져 유치원에 와서 낯설어하는 도원이를 보니 안쓰러웠는지 아침 등교 시간에 먼저 손을 내밀었다. 유치원 다른 아이들보다 한 뼘은 더 커 보이는 후민이는 동생들에게 늘 다정하다.


이곳 용방을 포함해서 혁신학교는 세 번째 근무다. 내가 혁신학교 교육과정을 이야기할 때 빠트리지 않는 것 중 하나는 무학년제 운용이다. 전체를 그렇게 할 수는 없을지라도 각종 프로젝트나 자치 위원회, 동아리 활동에서는 가능한 한 무학년제를 선호한다. 실제 운영해 보면 그 이유는 금방 알 수 있다. 서로에게 배우고 가르치는 관계가 자연스럽게 생기고 그것이 학교생활 이곳저곳에서 좋은 영향으로 나타나기 때문이다. 위계가 중심이 되는 학교생활은 저학년에는 두려움을, 고학년에는 권위의식을 심어 준다. 무학년제 속에서 후배를 만나게 되면 돌봐 주면서 끌어 주어야 할 동생으로 대하게 되고, 더 듬직한 선배가 되고 싶어진다. 고학년인 자신이 뒤로 빠지는 순간, 우리 모둠이, 동아리가, 이번 프로젝트가 좌초한다는 것을 경험으로 잘 알기 때문이다. 그냥 동급생 속에 있으면 평범하거나 조금 어설퍼 보이던 아이도 동생들과 함께하는 무리 속에 있으면 근사한 언니가 된다. 그래서 후배들은 얼른 커서 저런 언니가 되고 싶어진다. 선출된 리더가 아닌 모두가 리더가 되는 교육이다.

도원이는 곧 이 학교에 한 3년쯤 다닌 것처럼 온 교정을 누비고 다닐 것이다.

2023년 3월 13일

# 좋은 수업 말고 행복한 수업

즐생 / 1학년 / 이지효 선생님 / 2021. 6. 9.
수업 주제 : 100일간 달라진 점 찾아 발표하기

## 100일 기념 수업 나눔

"초등학생으로 입학한 지 100일이 되는 날입니다. 생활의 터전이 바뀐 1학년 친구들의 성장을 자축하고 축하받는 시간이 되길 바라며 수업을 준비했습니다. 태어나 100일 되는 날 백일잔치를 하는 것처럼, 입학 후 100일이 된 우리를 서로 격려하며 가족에게 고마운 마음을 표현하고자 합니다. 저 또한 긴장되고 설렙니다. 이 긴장과 설렘을 아이들과 함께 나누고 싶습니다."

수업 계획안에 적힌 내용을 요약해서 옮긴 것이다. 아기 백일잔치, 연애 100일 이벤트는 봤지만, 입학 100일 기념 수업이라니! 선생님의 상상력이 놀라웠다. 과연 아이의 학교생활에 관한 궁금증이 최고조에 올라 있는 1학년 학부모답게 전원 참석하여 시작할 땐 열기는 물론 약간의 긴장감마저 감돌았다. 그러나 입학한 지 100일 된 1학년 일곱 명은 그저 신기하고 즐거울 뿐 긴장된 기색이라고는 없었다. 덕분에 수업 내내 웃음이 끊이지 않은 행복한 시간이었다.


## 입학해서 잘할 수 있게 된 것은

아이들의 답변은 구체적이다. "그네타기, 인사하기, 정리, 뛰기, 줄넘기, 훌라후프, 그리기, 나무 타기, 잘 들어 주기, 친하게 지내기, 만들기, 잘 놀기……."

학부모들의 답변에서는 자녀의 성장이 대견한 마음이 잘 느껴진다. "밥 잘 먹기, 한글 잘 읽기, 축구 골 결정력 좋아지기, 소나무 잘 타기, 자신감, 애정 표현……."

담임선생님의 관찰기록에는 애정이 가득하다. "젓가락 사용하기, 바른 자세로 앉기, 책 즐겨 읽기, 그네 혼자 타기, 자전거 보조 바퀴 떼기, 채소 먹기, 연필 바르게 잡기……."

자신의 변화를 뿌듯해하고, 친구의 성장을 칭찬하는 시간이 계속된다. 가장 좋은 것은 사람이 자라는 것, 더 좋은 사람이 되는 것, 함께여서 좋은 것이다. 더할 나위 없다.

## 수업기술인가, 수업예술인가

수업명인, 수업연구대회 등 수업기술주의가 판을 칠 때 내내 불편한 마음이었다. 수업이 획일화, 표준화된다면 교실과 학교는 창조의 공간이 될 수 없다고 믿는 교사 선배 이재남은 "행복한 수업은 교사를 스스로 정화하고 열정으로 충만하게 만드는 힘을 가지고 있는데, 그 출발은 교사 스스로 '수업행위'를 생생한 '자기 목소리'로 들여다볼 수 있을 때 가능하다."라고 했다. 엘리엇 아이스너의 '수업예술론'과 맥을 같이한다. 그런데 복잡한 이론이 무슨 대수겠나. 그저 행복한 수업이었고, 100일 기념 백설기는 지금까지 먹은 것 중 최고였다.

# 이만하면 넉넉하다

과학 / 6학년 / 김대성 선생님 / 2021. 6. 23.
수업 주제 : 빛의 굴절 현상 관찰하고 찾기

## 굴절과 착시

수업 도입부에 보여 준 하늘을 나는 배는 빛의 굴절로 인한 착시 현상의 예이다. 아이들은 조작, 합성 등을 연발하며 관심을 보였고 수업은 성공을 예고하였다. 2인 1조로 실험이 진행되었고 그 과정을 영상으로 찍어 공유했다. 실험과 촬영에서 몇 번의 실패는 있었지만 이내 모든 모둠은 번듯한 영상을 올려 한껏 내보였다. 착시 현상의 비밀을 밝혀낸 탐험대는 사이버의 바다든, 과학실의 진열장이든 각자의 이해와 조건에 따라 굴절의 사례를 찾아냈다.

## 이만하면 넉넉하다

아무리 열심히 준비했어도 아쉽고 서운한 일은 생기기 마련이다. 만들어 놓았던 파일은 사라지고, 야심 차게 준비한 가상현실 앱은 오늘따라 작동을 멈추었다. 아무도 선생님의 허둥거림을 발견하지 못했으나 나는 짐작한다. 머리는 하얘지고 자책이 스멀스멀 올라왔을 것이다. 나도 자주 그런다. 그럴 때마다 위로가 되었던, 박노해 시인의 에세이집《걷는 독서》중에서 한 구절을 속삭여 주고 싶다. "아쉽고 서운한 날이면/이것으로 충분하다/이만하면 넉넉하다."

## 비빌 언덕, 우리 선생님

물과 공기의 경계면에서 나타나는 빛의 굴절은 착시를 일으키는 자연현상이다. 그리고 사람 사이에서는 선입견이 착시를 일으킨다. 오늘 수업자 김대성 선생님처럼 차분한 사람은 짱구쌤처럼 가볍게 출렁이는 사람보다 덜 열정적일 거라는 식의 단정 말이다. 선생님이 열정적이라는 증거를 대자면, 그는 한겨울에도 매일 얼음 가득 채운 아이스 아메리카노를 마셔야 하는, 내면이 뜨거운 '열정남'이다. 차분한 외면과 열정 가득한 내면으로 선생님은 6학년 아이들이 비빌 너른 언덕이 되어 준다. 그리고 내 꿈은 학교의 모든 이들이 비빌 언덕이 되는 거다.

넷

# 학교, 더 나은 사람이 되는 곳

우리 학교 국기 게양대에는 여러 나라 국기가 걸려 있다.
학생들의 부모 나라 국기들이다.
학교는 모든 것에 앞서 공평해야 한다.

분주한 아침, 한 자동차에서 두 아이가 내리면 엄마는 한참 본관에 걸린 국기를 바라보다 다시 차에 오른다. 이역만리 떠나 가정을 이뤄 살지만, 한시도 잊은 적 없는 모국에 대한 그리움, 그리고 그 마음을 알아준 학교에 대한 고마움 때문이 아니었을까? 학교는 누구에게나 공평한 기회를 제공하고, 모두에게 따뜻한 공동체가 되어야 한다. 그것은 종교, 국적, 성별, 이념 등 모든 차이에 앞서야 하며 교육과정으로 실행해야 한다.

우리 학교에는 필리핀, 캄보디아, 베트남, 미국 국기가 태극기와 함께 사이좋게 걸려 있다. 학생들의 부모 나라 국기들이다. 앞의 그림은 작년에 그려서 4개국 국기가 보이는데, 올해 미국인 아버지를 둔 남매가 전학 와서 하나를 추가했다. 해당 가정의 동의를 얻어 국기를 게양한 이유는 분명하다. 학교에 들어서면 누구나 저마다의 빛깔로 빛나게 하겠다는 의지의 표현이다. 우리 학교의 교육 비전은 '저마다의 빛깔이 어울려 참삶을 가꾸는 용방'이다. 한동안은 '어울려 참삶을 가꾸는'에 방점이 찍혔다면 지금은 '저마다의 빛깔'에 집중하고 있다. 건강한 공동체는 건강한 개인에서 나오기 때문이다.

우리가 내건 비전과 목표에 도달하지 못할지라도, 우리는 이곳에서 더 나은 사람이 될 수는 있다고 생각한다. 학교는 비단 아이들만 성장시키는 곳이 아니라 함께 있는 나를 포함한 어른들도 성장시키는 곳이어야 한다.

2023년 4월 1일

# 핀란드는 그만, 이제부턴 용방 가자

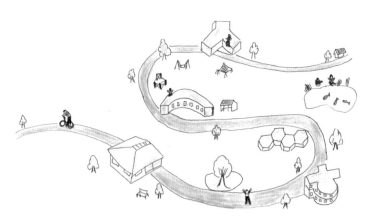

각각의 교실을 마실 다니듯, 골목길 돌아 산책하러 나가듯
이야기와 추억이 있는 학교 공간을 꿈꾼다.

우리의 꿈은 비슷했다. 세상에 없던 학교를 만들어 보자는
것. 긴 복도와 같은 규격의 교실, 넓은 운동장과 직육면체의
외관을 갖춘, 교도소, 병원과 별 구분이 안 되는 관리 중심형
학교를 지양하자고 했다. 새로운 시대에 어울리는 집과 같이
편안한 곳, 배움과 쉼이 조화를 이루는 공간을 만들기로 했
다. 그리고 2년 반 동안 사용자 참여 설계를 통해 그 꿈에 가

까워졌다고 생각한다. 우리가 만들 학교를 소개하겠다.

우선, 한 건물에 모든 교실을 집어넣지 않는다. 학년군별로
독립 주택을 만들고 그것을 '배움의 집'이라 부른다. 가령
1·2학년이 쓰는 배움의 집 1호에는 1학년과 2학년 교실이
운동장 쪽으로 위치하며, 공동으로 사용하는 학급 거실을
둔다. 거실에는 일반 가정집처럼 간이주방과 화장실, 안락
한 소파가 있다. 중목구조의 목조주택이고 박공지붕에 천창
이 있다. 바닥난방을 하고 교실에서 운동장 쪽으로 통창과
툇마루를 둔다. 처마를 길게 내어 그늘을 만들고 툇마루에
서 비 내리는 풍경을 감상한다. 층높이는 보통 교실의 1.5배
로 개방감을 느낄 수 있다. 이런 배움의 집이 네 채가 있고
그중 5·6학년 배움의 집은 2층으로 건축하여 최고학년의
권위와 바람을 담는다. 각각의 배움의 집에는 현관과 마당
이 있어 일반 전원주택처럼 독립성이 보장된다.
이렇게 독립적인 배움의 집을 연결해 주는 것이 '함께 쓰는
집'이다. 동선을 줄이고 상호 소통을 위해 ㄷ자 모양의 중정
을 둔 집이다. 함께 쓰는 집은 2층으로 구성되는데 1층에는
교무행정실, 보건실, 로비, 역사관(갤러리)이 있고, 2층에는
멀티미디어실, 예체능실, 창의융합실이 있다. 1, 2층을 통으
로 쓰는 도서관이 중심이다. 도서관은 팽나무가 잘 보이는

곳에 두며 주말에는 지역사회와 마을 학교 등에 개방할 수 있도록 독립적인 잠금장치를 한다.

한때 1,100명이 다녔던 넓은 운동장은 쓸모 있게 바꾼다. 3분의 1 정도는 굵은 모래(마사토) 운동장으로, 나머지는 생태가 살아 있는 둔덕 놀이터로 디자인한다. 기존 생태 연못, 데크 쉼터와 어우러져 대학 캠퍼스 같은 공원이 완성된다. 마치 마을로 마실 나가듯 교내 곳곳을 배움터와 쉼터로 활용하는 '마실 배움터'로서 지리산, 섬진강과 잘 어우러지는 높이와 색감으로 편안함을 줄 수 있게 디자인한다. 건물마다 탄소를 줄이고 에너지를 적게 사용하는 장치인 빗물 저금통과 태양광 패널을 설치한다. 무엇보다 자연 채광을 위한 천창을 둔 목조건축은 생태학교에 딱 맞는 건축물이다.

모두가 꿈꿨지만 실현할 수 없었던 일을 우리 힘으로, 여러분들의 도움으로 준비하여 여기까지 왔다. 세상에 없던 학교, 그래서 핀란드는 그만, 이제부터 용방 가자!

2023년 5월 1일

# 짱구쌤은 교장쌤을 몇 번 해 봤기에
# 그렇게 잘해요?

익숙하지 않은 마스크를 잘도 쓰고 다니는 기특한 아이들이
모처럼 얼굴을 내보인다. 한 명도 똑같은 표정이 없다. 그래서 더 이쁘다.

아이들은 자주 깜짝 놀랄 만큼 멋진 말, 재미있는 말, 따뜻한 말을 건넨다. 그래서 나는 아이들과 이야기하는 게 참 좋다.

### 모래 씨름장에서

"짱구쌤은 교장쌤을 몇 번 해 봤기에 그렇게 잘해요?"

"하하, 왜 그런 생각을 했어?"

"실내화도 잘 빨고 드릴도 잘하잖아요."

"응, 그래. 교장쌤은 처음이지만 교장 일은 여러 번 했어."

### 정자에서

1학년 한 녀석이 시원한 레몬아이스티를 대접받고 돌아서서 말한다.

"짱구쌤, 세상이 참 따뜻해진 것 같아요."

"그래. 살다 보면 따뜻한 일 참 많단다."

"그러니까 모두 반팔을 입고 다니잖아요."

"……."

### 도서관 앞에서

"2024년 새 집을 짓다!"

도서관 외벽에 걸린 학교 개축 관련 현수막을 한참 보던 꼬맹이가 진지하게 묻는다.

"짱구쌤, 새들이 얼마나 많이 살기에 집을 그렇게 오랫동안 지어요?"

## 명상 숲 흔들 그네에서

점심 후 커피를 들고 소란스러운 녀석들을 피해 명상 숲으로 갔다. 흔들 그네는 1학년 희진이가 이미 한 자리를 차지했다. 적당한 속도로 그네를 구르는 녀석의 옆자리를 비집고 들어가 속도를 맞춰 흔들거렸다. 어색한 침묵이 흐르고 "희진아, 바람은 살랑이고 햇살은 따습고 꽃도 예쁜데 새들까지 지저귀니 참 좋구나." 혼잣말처럼 수작을 걸었다. 조금 있더니, 희진이가 말했다. "짱구쌤이 옆에 있으니 더 좋아요." 심장이 멎는 줄 알았다.

2023년 5월 2일

# 임가이버가 나가신다

넓디넓은 운동장의 풀은 웬만해선 잡히지 않는다.
임 주무관님이 스타렉스에 대형 타이어가 실린 매트리스를 매달고 달린다.

침대 매트리스를 재활용해서 제작한 신기술 제품이 운동
장을 말끔하게 치운다. 도무지 잡히지 않는 풀들을 조기에
제거하는 최첨단 발명품이다.

오늘도 생태 텃밭에서 아이들이 분주하다. 익숙하게 물탱

크 손잡이를 돌려 시원하게 나오는 물을 받아 정성스레 텃밭 작물에 뿌려 준다. 이 파란색 물탱크는 오래된 창고의 지붕과 연결되어 빗물을 모으는 친환경 발명품, 빗물 저금통 2호다. 빗물 저금통 1호는 3개월 전에 이미 목공 교실인 '용방 뚝딱뚝딱실' 지붕과 연결하여 설치했다.

데크 쉼터

노고단이 가장 잘 보이는 곳에 데크 쉼터를 마련했다. 넓은 데크는 경사 지붕과 세련된 스틸 벽체를 갖춘 야외 쉼터다. 캠핑 의자와 라탄 소파를 놓고 음향 시스템까지 갖추니 여느 노천카페 부럽지 않다. 아이들에겐 댄스 연습장과 야외 수업 장소로, 어른들에겐 식후 커피 한 잔 마시며 쉬어 가는 곳으로 인기다.

팽나무 아래 오래된 정자가 있었는데 아무도 찾지 않았다. 아까운 마음에 리모델링을 결정하고 아이디어 공모를 통해 다락이 있는 복층 정자로 재탄생시켰다. 경사 계단을 만들고 품질 좋은 나무 마루를 깐 다음 만화책을 기증받아 서가를 꾸몄다. 체스판과 쿠션까지 갖추니 근사한 '핫플'이 되었다. 복층이라 바람도 잘 통해서 이제 여름철 무더위도 걱정 없이 한가로운 시간을 보낼 수 있다.

어쩌면 무모해 보일지 모르는 우리의 도전은 계속되었다. 뭣 모르는 교장은 운동장 구석 팽나무 두 그루에 트리하우스를 짓고 싶어 했고, 솜씨 좋은 주무관님은 곧바로 설계도를 그리고 작업에 착수했다. 두 달이면 끝날 줄 알았던 공사는 무려 6개월이나 걸려 긴 겨울을 지나 봄에서야 완성되었다. 한 반 전체가 올라가서 수업할 수 있는 트리하우스 두 개, 1호와 2호는 야간 조명등이 있는 멋진 다리로 연결된다. 비 내리는 날이면 더욱더 좋은 양철 지붕을 올렸고 안전을 위해 그물망을 쳤다. 대형 해먹까지 두 개 설치하자 아이들은 환호했다.

이 모든 시설물은 임 주무관님의 손에서 완성되었다. 30년 동안 서비스 직종에서 일하다 퇴직하고 구례가 좋아 이곳에 직접 집을 짓고 정착한 충청도 사나이. 용접, 목공, 전기, 설비 등 못하는 것 없는 그가 나타나면 문제는 사라지고 놀라움 가득한 무엇이 탄생한다. 그래서 우리는 그를 임가이버라 부른다.

2023년 6월 25일

트리하우스

# 용방에서 한솥밥 먹고 헤어진 선생님들께

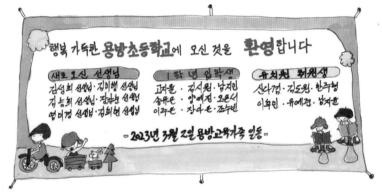

2월 말부터 한 달간 교문이나 도서관 외벽에 이런 현수막이 걸린다.
4년 전 처음 부임할 땐 거기 적힌 내 이름을 보고 웃으며 교문을 들어섰다.

3월 2일, 반가운 만남이 있으면 아쉬운 헤어짐도 있는 법,
4년 동안 열아홉 명의 직원들과 작별을 했다. 짧게는 6개월
에서 길게는 3년 6개월까지 한솥밥을 먹었으니 우린 식구와
다름없다. 네 분이 정년퇴직을 했고, 한 분이 교장 승진을, 두
분이 이곳에서 결혼했으니 좋은 터가 분명하다.

이지혜 행정사님, 김누리 선생님, 김대성 선생님, 김효정 선생님, 구효숙 선생님, 송경미 선생님, 변현숙 선생님, 이나영 선생님, 임영미 실장님, 이태일 실장님, 홍승희 실장님, 서미자 실장님, 남규만 주무관님, 심학례 여사님, 이지효 선생님, 최지영 행정사님, 문고운 주무관님, 이소연 주무관님, 염정임 조리사님. 내가 자주 인용하는 신영복 교수님 말씀처럼, 언약은 강물처럼 흘러가겠지만 만남은 꽃처럼 피어나길 바라며 그리운 이름들을 불러 본다.

가장 최근에 헤어진 분은 염정임 조리사님이다. 3년 6개월을 함께 보냈는데 지난 6월 말 정년퇴직을 하셨다. 급식실에 가면 가장 먼저 반기며 고봉밥 가득 담아 주시면서도 "더 드세요."라고 하시던 모습이 눈에 선하다. 개학을 손꼽아 기다리는 이유가 세상 가장 맛있는 용방 급식 때문이다. 이 말이 과장이 아닌 것은 매일 급식 게시판에 아이들이 적어 놓는 '찐심' 어린 감사의 말들을 보면 알 수 있다.

"오늘 스파게티는 특별했어요."
"내가 먹어 본 떡볶이 중 최고였어요."
"엄마 밥보다 맛있어요."
"방학하기 싫어요."

"이렇게 식판 잘 비우는 아이들은 처음 봤어요. 감사 표현도 잘하고요. 마지막 학교가 용방이어서 행복했습니다." 염조리사님은 조금 쉬다가 곧 평소에 하고 싶었던 일을 하실 거란다. 맛있는 반찬 가게를 열어서 가장 좋아하는 요리를 오래오래 하고 싶다 하셨다. 명함 나오면 순천 조례동은 내가 책임지고 홍보를 하기로 했다. 물론 나도 단골이 될 거고.

2023년 7월 5일

# 편 나눠 경쟁하기 싫어요

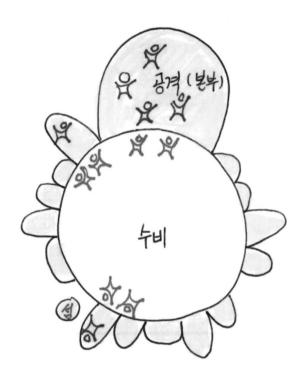

해바라기 놀이는 땅에 해바라기 모양을 그려 놓고 하는 놀이다.
아이들의 민원이 점차 많아지다가 결국 한바탕 생떼로 번지는, 그럼에도
또 찾게 되는 중독성 강한 놀이다.

① 먼저 수비 편의 집으로 쓰일 원을 지름 1.5m 정도로 그린다.

② 이제 원을 중심으로 꽃잎을 그리는데, 공격 편의 집으로 쓸 큰 꽃잎을 하나 그린 후 크거나 작은 꽃잎을 적절히 섞어서 그린다. 놀이하는 아이들의 수에 따라 꽃잎 크기를 조절하고 수도 늘리거나 줄일 수 있다.

③ 두 편으로 나누어 가위바위보로 공격 편과 수비 편을 정한다.

④ 공격 편은 큰 꽃잎을 집으로 삼고 출발하고 수비 편은 원 안에서 손이나 다리를 뻗어 상대편을 다음 꽃잎으로 못 건너가게 막아야 한다.

⑤ 공격 편이 한 사람이라도 살아서 한 바퀴를 돌면 같은 편이 다 살아나고, 공격 편이 모두 죽으면 공격과 수비를 바꾸어서 다시 놀이한다.

⑥ 놀이 시작 전 꽃잎 이동 방향을 한쪽으로만 할지 양방향으로 할지, 한 꽃잎에 두 사람이 들어가는 것을 허용할지 말지, 한 꽃잎에 머무는 시간을 몇 초로 할지(30초 정도가 적당) 등 세부 규칙을 미리 정해 놓고 하는 것이 좋다.

⑦ 심판은 모든 규칙을 단호하게 적용해야 실랑이를 줄일 수 있다.

"저는 이런 놀이 싫어해요. 왜 편을 나눠서 경쟁해요?"

1학년이 할 말은 아닌 것 같지만 딱히 반박할 수는 없어서 "이기지 않아도 돼. 그냥 놀면서 하자."로 얼버무렸다. 유은이가 처음부터 이러지는 않았다. 초반에는 열심히 재미있게 참여했는데, 좀 전에 했던 삼팔선 놀이와 달리 신체 접촉이 빈번해지면서 죽는 횟수가 늘어나자 나온 반응이었다. 그렇다. 모두가 좋아하는 삼팔선 놀이는 닿기만 해도 목숨이 결정되는 단순한 규칙 때문에 체격, 근력 등이 크게 영향을 미치지는 않지만, 해바라기는 차원이 다른 놀이다. 전래 놀이의 끝판왕으로 불리는 오징어 놀이의 원형쯤 되는 이 놀이는 신체 접촉이 허용되며 밀고 당기는 과정에서 작은 부상 위험을 감수해야 한다. 심판의 영이 서지 않으면 곧바로 벤치 클리어링이 일어날 수도 있다.

1992년 첫 발령 때부터 아이들과 여러 가지 전래 놀이를 해 왔지만, 아이들에게 꾸준히 사랑을 받는 놀이는 삼팔선과 해바라기뿐이다. 삼팔선과 해바라기는 학년과 성별을 가리지 않고 모두 좋아한다. 규칙이 간단하고 팀 대항을 할 수 있기 때문이다. 규칙이 복잡하면 반드시 이탈자가 발생하고, 팀 대항이 아니면 마지막까지 긴장감을 유지하기가 힘들다. 팀 대항이라야 희생, 단결, 전략 등이 번뜩이고 내면의 승부 유전자가 발동한다. 아마도 유은이는 이 깊은 승부 유전자가 싫었을 것이다.

"열두 살까지는 경쟁을 허용하지 않는다. 스포츠를 제외하고는." 어떤 책인지는 모르겠으나 북유럽의 혁신교육을 소개한 부분에서 읽은 듯하다. 초등학교에서 일제식 시험과 과도한 경쟁을 지양하는 것이 어디 북유럽뿐이겠는가? 협력의 기쁨과 효용성을 배울 기회를 학교에서 충분히 제공하고 제한적으로 공정한 경쟁을 경험하게 해야 배움에서 멀어지지 않을 것이다.

"유은아, 다음에는 힘이 센 편에 들어갈지도 모르니 너무 실망하지 마. 그리고 너도 네가 생각한 것보다는 훨씬 힘이 세단다."

2023년 7월 15일

# 누가 잉어를 훔쳐 갔을까

우여곡절 끝에 우리 연못으로 온 비단잉어 열 마리가 갑자기 사라졌다.
누가 훔쳐 갔는지 잡히기만 하면 그냥 안 둔다.


"지난 4년간 학교 물건 잃어버린 적은 한 번도 없었어요.
학교에 오면 누구나 착해지나 봐요."

정말 그랬다. 새로 만든 데크 쉼터나 복층 정자에 멋진 캠
핑용 의자, 빈백, 체스판, 만화책을 두어도 누구 하나 손대지

않고 그대로였다. 목련꽃이 흐드러진 봄철 주말이면 백여 명 이상 관광객이 다녀가도 마찬가지였다. 그래서 학교 자랑에 단골 레퍼토리로 빠트리지 않는 것이 '높은 시민 의식'이었 다. 그런데 여름방학이 끝나갈 무렵, 개학을 앞두고 새로 조 성한 생태 연못에 아이들을 놀라게 할 비단잉어 열 마리를 들였는데 월요일에 출근해 보니 한 마리도 보이지 않았다. 들여놓은 지 3일도 안 된 생물을 대체 누가 훔쳐 갔단 말인 가. 실망감이 이만저만이 아니었다. CCTV를 돌려 봐도 의심 할 만한 점이 없자, 급기야는 지능범의 소행이라고 단정하기 까지 했다.

생태 연못

생각할수록 괘씸해서 금액으로는 크지 않지만 경찰 신고 를 고민할 즈음, 행정실 희현샘이 와서 "교장 선생님, 혹시 이 것 아닌가요?" 하고 보여 준 사진에는 그토록 찾던 비단잉어 두 마리가 있었다. 부리나케 연못으로 달려가 보니 빠르게 헤엄쳐서 숨는 잉어 한 마리가 보였고, 잠시 후 다시 다가가 숨어서 보니 잉어 여러 마리가 무리 지어 한가롭게 놀고 있었다. "허 참, 이 녀석들이 죄다 숨어 있었네." 멋쩍은 웃음으로 자리를 피했지만 이미 바닥을 보인 창피함은 쉬이 없어지지 않았다. 그래, 누가 학교에서 키우는 잉어를 가져가겠는가? 상춘객이 다녀간 월요일 아침, 교정을 순회해도 그 흔한 쓰레기 하나 보이지 않는 학교다. 발생한 쓰레기를 되가져가고, 학교 기물 하나하나를 자기 자녀가 다니는 학교처럼 아껴 주는 뭇 시민들의 높은 공중도덕심을 찰나의 의심으로 걷어차 버렸으니.

연못엔 지난여름에 풀어 놓은 구피가 열 배쯤 가족 수를 늘렸고, 마트에서 사 온 금붕어들은 통통하게 살이 올랐으며 새로 들여온 잉어들은 유유히 자유를 즐기며 무리 지어 다닌다. 담당 선생님이 만들어 준 수풀도 점차 자리를 잡아 간다. 이젠 양철판 같은 교장의 갈팡질팡 마음만 진득하게 내려앉으면 된다.

2023년 8월 25일

# 언제나 빛나는 당신,
# 그런데 어디에 있나요

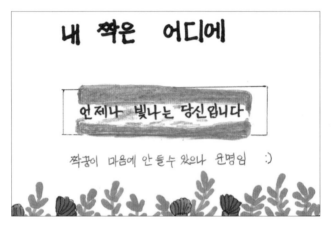

2학기 개학 날, '교직원 다모임'에서 나눠 준 짝꿍 찾기 복권.
아무리 외치고 다녀도 나와 같은 메시지를 받은 짝꿍이 나오지 않아
함께 먹을 케이크도 없었다.

한 달에 한 번씩 열리는 '교직원 다모임'의 첫 순서는 각자
한 달간 생활한 이야기 나누기이다.

방학하자마자 일을 해치우고 제주도로 갔습니다만 그날부

터 태풍이 불어 연수 내내 바람과 함께했습니다. 제주도분들은 이 정도 바람은 아무것도 아니라네요.

오늘 할 일도 내일로 미루자며 좀 쉬었더니 3주가 흘러갔더라고요. 정신 차려 원격연수 받고 성적 처리했더니 개학이네요.

방학 때면 아이가 전지훈련 가서 편했는데 이번에는 집에 있어서 내내 아이들 수발하느라 힘들었습니다. 저는 출근 체질인가 봐요. 출근하니 생기가 도네요.

노고단에 올라갔어요. 여름엔 처음이었는데 푸른 하늘, 탁 트인 시야. 멋진 풍경이었어요. 한번들 가 보세요.

베트남 다녀와서 좀 쉬었다가 근무하고 마지막 한 주를 푹 쉬었어요. 넷플릭스로 애니메이션을 보았는데 처음에는 남편이 그런 걸 보냐며 무시하다가 나중에는 함께 보면서 다음 시즌은 언제 나오냐고 하더군요.

이번 여름에는 아무것도 마음대로 안 되었어요. 잡초를 이길 수 없었고, 아내 해외여행 열흘 동안 쉬려고 했는데 딸이 와서 힘들었고요. 글씨 연습도 더워서 못 했어요.

방학 중 헤어스타일을 바꿨는데 모른 척해 주어서 고마웠고요. 혹시 저랑 싸울 일이 있더라도 머리끄덩이 잡지 말기를 부탁드립니다.

교직원 다모임을 색다르게 준비하려는 교무 선생님의 노력은 눈물겹다. 이번 다모임에 선보인 조각 케이크처럼 지역의 맛집을 섭렵하여 품격 있는 간식을 준비하고 함께 공유할 월중 행사와 전달 사항을 사전 공지하는 일에도 빈틈이 없다. 인쇄물을 아끼자는 제안에 따라 회면으로 자료를 공유한다. 전체가 모였는데 전달과 안내로만 귀한 시간을 보낼 수 없어서 소소한 이벤트도 준비한다.

지난 1학기 마지막 교직원 다모임 때는 '방학맞이 선물 복권 이벤트'를, 이번 2학기 첫 다모임에는 '짝꿍 찾기 복권 이벤트'를 준비했다. 그런데 나는 짝꿍을 찾지 못한 꽝을 뽑았으니, 2학기 운수는 별로인 것 같다. 애쓰고 준비한 교무 선생님께 살짝 원망의 눈빛을 보냈다.

2023년 8월 31일

# 선생님들의 변함없는 열정과 사랑을
# 한마음으로 응원합니다

방과 후, 선생님들은 교무실에 모여 이런저런 이야기를 나누며 손팻말을 만들었다.
그날 저녁 구례 읍내에서 열릴 서이초 선생님 추모 집회에서 사용하기 위해서였다.

　"선생님들의 변함없는 열정과 사랑을 한마음으로 응원합니다." 우리 학교 학부모회에서 교문 앞에 내건 현수막에 적힌 문구이다. 서이초 선생님의 49재를 추모하는 마음과 함께 따뜻한 용방교육공동체에 대한 바람도 담겨 그 의미가 더욱

각별했다. 지난 7월 근무하던 교내에서 스스로 죽음을 택한 서이초 교사의 사건이 처음 알려졌을 때 사람들은 공분했으나 시간이 지나면서 서서히 잊었다. 그 뙤약볕에 수천, 수만의 교사가 광장에 모일 때도 대부분 남의 일처럼 불구경이었다. 나도 크게 다르지 않았다. 하지만 교실의 선생님들은 달랐다. 2년 차 청년 교사의 꿈과 절망에 공감하는 선생님들이 점차 늘어서 급기야 지난 주말에는 수십만이 모이는 추모 집회가 열렸다. 특히 여교사들의 공분은 더욱 커서 평소에는 그렇게 조용해 보이던 우리 학교 선생님들까지 서울 집회에 한두 번씩은 참석하였다. 그런데 나는 나이가 들어서인지 처지가 바뀌어서인지, 예전에는 그렇게 뻔질나게 다니던 상경 집회가 생경한 일처럼 느껴졌다. 우리 학교는 그런 일 없으니까 하며 안도의 한숨을 내쉬는 동안에도 전국 이곳저곳에서 절망을 선택하는 교사들이 속출했고, 무관심이 그런 일을 부채질하는 듯했다.

'공교육 멈춤의 날'이 세간에 오르내릴 때, 우리 학교는 평온했다. 선생님들은 협의를 통해 무난한(?) 실천을 결의했고, 그것에는 몽매한 불똥을 미리 막아 공모 교장의 부담을 덜어주고자 하는 배려가 담겨 있음을 느낄 수 있었다. 고마웠지만 아쉽기도 했다. 물론 그런 일이 흔치는 않았지만, 교직원에 가해지는 외부의 압력을 모른 체한 적은 없었다. 그렇다고 내 문제처럼 나서서 훌륭한 방패가 되어 준 것도 아니었다. 무난하고 손쉬운 개입에 만족했던 거다. 필요할 때 계급장 뒤에 숨지 않고, 혹여 교실에 남겨져 깊은 울음을 삼켜야 할 일이 생기지 않도록 살피고 나서겠다는, 처음의 약속과 다짐이 여전히 유효한가를 스스로 물어야 할 때다. 나와는 너무 다른 처지의, 일면식도 없었던 청년 교사의 깊은 슬픔과 절망을 선배이면서 관리자인 교장도 함께 느낄 때 교실에 평화가 찾아온다.

2023년 9월 5일

# 언제 짱구쌤 수업 해요?

교정 곳곳이 연록에서 진록으로 변해 가는 5월.
확장된 정자에 앉아 그림책 《알사탕》을 읽었다.

늘 운동장에서 하던 짱구쌤 수업을 정자에서 한다고 하니
실망하는 기색이 역력하다. 2학년 3분의 1이 코로나 등 여러
사정으로 등교를 못 했으니 팀으로 나눠서 하는 놀이 활동은
어려울 것 같아 그림책 읽기 수업으로 바꾸었다. 피가 끓는

아홉 살 청춘들에게 앉아서 하는 수업이 고역이겠으나 《알사탕》의 마법을 믿어 보는 수밖에.

아니나 다를까 그림책 첫 장을 펼치는 순간부터 이내 책 속으로 빨려들 듯 몰입한다. 그림책의 힘이다. 그림책은 학년을 가리지 않는다. 유치원 꼬맹이들부터 6학년 애어른들까지 최고의 집중력을 끌어낸다. 교장실에 쌓여 있는 그림책들을 최소 서너 번씩은 읽었지만, 그림책은 어른인 나에게도 늘 재미와 감동을 준다.


사실 짱구쌤 수업을 처음 시작할 때 걱정이 많았다. 호기롭게 약속하고 시작은 하였으나 모든 학년에서 일 년간 버티는 일이 의지만으로는 힘들다. 그런데도 4년을 그럭저럭 끌고 올 수 있었던 데는 그림책과 놀이의 힘이 컸다.

도서관의 수많은 그림책은 언제나 만족도 높은 훌륭한 수업 자료였다. 덕분에 수백 권의 그림책을 읽었고 이제는 제법 쓸 만한 그림책 목록도 만들었다.

그리고 놀이. 수만 년간 우리의 유전자에 각인된 놀이하는 인간, 호모 루덴스의 본성은 변하지 않아 어디서든 놀잇거리만 있으면 그곳은 견딜 만한 곳이 된다. 오래 살아남은 놀이는 다 이유가 있어서 언제나 사랑받는다. 삼팔선과 해바라기가 대표적이다. 단순하지만 팀 대항을 할 수 있고, 개인기와 협력이 적절하게 섞여 있어 누구도 소외되지 않는다. 힘, 민첩성, 전략이 고루 필요한 놀이이다. 요즘에는 보호막 피구가 아이들한테 인기몰이 중인데, 그전까지 하던 피구의 단순함을 넘어서는 몇 가지 장치를 추가했기 때문이다. 놀이는 진화한다. 나 역시 천성적으로 몸을 움직이는 것을 좋아하니 놀이 수업이 한 번도 질리지 않았다.

4년의 짱구쌤 수업이 마무리되어 간다. "언제 짱구쌤 수업 해요?"라고 묻고 기대하는 아이들 틈에서 참 많이도 웃고 행복했다. 교장 하면서도 수업을 맡았던 것은 가장 좋은 선택이었다.

2023년 9월 6일

# 아이들을 재발견하는 시간

의사소통 / 유치원 / 구효숙 선생님 / 2021. 11. 9.
수업 주제 : 〈가을 숲〉 농시 슬기기

## 아이들에 관한 오해

유아는 어른에 비해 부끄러움을 덜 느낀다고 생각했다. 하지만 그것은 내 편견이었다. 아이들은 분위기에 민감하고 수치심과 자존심이 무척 강하다.

선생님의 의도와는 달리 아이들은 '곰곰이' 이야기를 몸으로 표현하는 활동에서 소극적이었다. 도토리가 나무에서 떨어지고, 낙엽이 도토리를 덮어 주는 모습을 큰 몸짓으로 보여 주면 좋으련만, 참관하는 어른들의 눈치를 살피며 쭈뼛쭈뼛했다. 그래도 선생님은 서두르지 않고 하나씩 짚으며 아이들을 다독였고, 시간이 지나면서 아이들은 본성을 회복하며 수업에 몰두했다. "생각대로 되지 않는다는 것은 멋진 일이에요. 생각지도 못한 일이 생기잖아요." 빨간 머리 앤의 말을 떠올리며 나라면 어떻게 대처했을까 생각해 보는 시간이었다.


## 아이들이 어른들에 비해 덜 지적인 것은 아니다

지난여름, 수돗가에 둘러앉은 유치원생들의 수다는 끊이지 않고 이어졌다. 역시 5천 년 전통의 우물가 빨래터 유전자가 남아 있는 탓이리라. 아이들은 재잘대면서도 솔질을 멈추지 않았고 어느덧 새하얘진 실내화를 햇볕에 널었다.

'내 손으로 실내화 빨기' 수업은 30년 넘게 교사 생활을 하면서 계속 이어 온 수업이다. 그런데 그동안 한 번도 유치원생들과 함께할 생각을 하지 않았다. '째깐한' 아이들은 당연히 못 할 일이라 생각했는데 그 생각이 틀렸다.

그림책 작가 존 버닝햄이 말했다. "아이들이 어른들에 비해 덜 지적인 것은 아니다. 다만 경험이 부족할 뿐." 일주일에 한 번 만나는 짱구쌤 수업은 유치원 아이들을 재발견하는 시간이었다. 그러니까 이건 그간 잘못 알았던 아이들에게 보내는 반성문이다. "친구들, 그동안 짱구쌤이 여러분에 관해 몰랐던 것이 너무 많았어요. 미안해요."

## 다만 경험이 부족할 뿐

"유년에 즐거운 추억이 많은 아이는 삶이 끝나는 날까지 안전할 것이다." 러시아의 대문호 도스토옙스키가 한 말이다. 교실 활동을 넘어 실내화 빨기, 서시천 산책하기, 운동장 맨발로 걷기, 자전거 타기……, 우리가 다소의 오해와 비판에도 굴하지 않고 다양한 활동을 교육에 접목하는 이유이다. 다만 경험이 부족할 뿐 충분히 지적인 아이들에게 다양한 경험을(실패한 경험까지도) 즐겁게 채워 줘야 한다. 그것은 다가올 어른의 시간을 안전하게 맞이할 에어백이 되어 줄 것이다.

# 과하게 욕심내지 않고

즐거운 생활 / 2학년 / 김누리 선생님 / 2022. 6. 16.
수업 주제 : 《돼지책》 함께 읽고 집안일 돕기 실천하기

## 자세히 들여다보면

《돼지책》을 함께 읽고 집안일 돕기를 실천하는 수업이었
다. 20명 못지않은 다양함을 가진 2학년 일곱 명은 집안일 돕
기의 가짓수를 수도 없이 열거했다. 숫제 엄마를 자처하는 똑
순이부터 쓰레기 버리기를 제일로 꼽는 열정남까지, 좀처럼
기죽는 일 없이 저마다 우뚝했다.

"한 명 한 명 들여다보면 각자의 개성이 듬뿍 묻어나는 톡
톡 튀는 아이들이다. 전체적인 모습을 본 후 가까이 들여다
보면 아이들의 매력에 풍덩 빠질 수 있다." 수업 나눔 계획안
에 적혀 있는 말이다. 역시 자세히 들여다보면 매력적이지 않
은 사람이 없다는 것을 어렵지 않게 확인하는 시간이었다.

## 천천히 차근차근

수업을 마친 소감을 말하는 시간에 아이들은 입을 맞추기라도 한 듯 "재미있었어요."라고 했다. 선생님은 지나치지 않고 "무엇이?"라며 한 발 더 들어갔다. 한 아이가 "아쉬웠어요. 더 잘하지 못해서요."라고 답했다.

선생님은 '조금만 더 지도하면 이 아이들이 더 잘할 텐데!'를 떠올리면서도 '과하게 욕심내지 않고'를 명심했다. 조금 더디고 서툴러도 천천히, 차근차근히 하면 될 것이고, '서로 긍정적인 영향을 주고받는 아이들'이 함께하고 있으니 걱정은 붙들어 매 둘 일이다.


## 지금, 여기 존재하는 아이들

"어린이는 내일의 희망으로만 존재하는 것이 아닙니다. 이들은 지금, 여기 이미 존재합니다."

내 명함 뒷면에 적혀 있는 말인데, 폴란드 태생의 유대인 교육학자 야누슈 코르착이 한 말이다. 지금, 여기 내 앞에 있는 어린이에 집중하고 그들의 현재와 미래를 무조건 도와야 한다고 믿었던 그는 홀로코스트 과정에서 회유를 뿌리치고 아이들과 함께 생을 마감했다.

따뜻한 가슴을 지닌 아이들과 함께 가르치고 배우며 밥벌

이를 하는 행운을 누릴 수 있어 행복하다. 우리가 이만큼 그 럴싸한 어른이 되어 있는 것도 학교가 일터였기에 가능한 거 라고 믿는다.

다
섯

# 선생님, 오랜만에 소식 전해요

부산에 사는 제자가 또 한 보따리를 보내 주었다.
그림책 《엄청 작아 많아 빨라!》, 자신이 편집한 책 《고독 마인드 입문》,
그리고 《장하준의 경제학 레시피》, 《최재천의 공부》.
하지만 가장 좋은 것은 석 장에 이르는 손편지다.

건강하게 지내고 계시죠? 용방에서의 마지막 학기, 아쉬움 없게 잘 보내시길 응원하겠습니다. 학교는 공사가 한창이려나요? 용방초도, 구례도, 짱구쌤도 보고 싶습니다! 짱구반 한 명 꼬셔서 쌤이 용방에 계실 때 한 번 더 가 볼까요? 쌤, 부산도 오셔야죠! 요즘 파죽지세 기아!

9월 6일 밤. 광안리 지영 드림

이번에도 구호품 수준의 보따리가 도착했다. 수신자의 '낡아짐'을 애써 막아 보려는 듯 여러 종류의 책들과 정성 가득한 손편지다. 발신자는 2006년 영암초 제자. 제자는 늘 선생보다 의젓했다. 무엇이든 최선을 다했고, 뻔한 길에서 시간을 낭비하지 않으며 세상 중요한 가치를 찾고자 했다.

상당한 나이 차에도 불구하고 제자와 나는 공유하는 점이 많은데, 나의 속없음과 제자의 속 깊음이 맞닿아 있기 때문이다. 우선 산울림 노래를 좋아하고, 책 읽기와 몸 쓰기를 즐기는 편이다. 말은 하지 않았지만, 결정적인 것은 둘 다 지겨운 것을 참지 못하는 성격 때문 아닐까 짐작한다.

제자의 편지엔 책 이야기가 많은데, 내가 어렵게 읽은, 가령 한병철의 《피로사회》같은 책을 비교적 가뿐하게 읽어 내는 걸 보면 나보단 한 수 위가 분명하다.

지난봄, 제자와 부산에서 책 읽기 모임을 하는 동료들이 구례에 놀러 온 적이 있었다. 짐작은 했지만 하나같이 진중하고 기분 좋아지는 사람들이었다. 좋은 사람들과 지내는 제자가 부러웠고 마음도 놓았다. 이번에도 그랬지만 가끔 추천하는 책이 겹칠 때가 있는데 독서 취향도 닮아 가는 느낌이다.

최재천 교수와 장하준 교수의 책은 항상 우선 구하여 읽는데 제자한테 받고 보니 더 반갑고 흐뭇했다. 《장하준의 경제학 레시피》는 큰아들에게 보내 주었다. 부디 그 녀석도 책이 좋아지기를…….

스승과 제자의 연을 불가에서는 하늘에서 바늘을 떨어뜨려 겨자씨를 맞힐 인연에 비유한다. 그만큼 귀한 인연이다. 작금에 벌어지는 교단의 불행이 더욱더 아픈 것은, 관계와 인연을 맺는 첫 경험이 아이들에게 두고두고 불신과 두려움으로 남을까 하는 걱정 때문이다.

"지영아! 쌤은 너의 염려 덕분에 잘 지낸다. 광안리에서 맥주 마실 날을 기대하마."

2023년 9월 10일

# 연비왕을 꿈꾸며

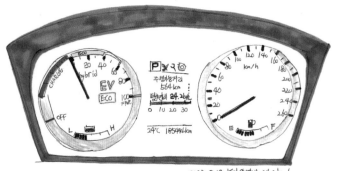

2023. 9. 13 불라운연비 24.2km/L

출근길에 나의 애마가 24.2km/L를 찍었다.
올해 들어 가장 좋은 기록이다.
40분 동안 경제속도와 흐름을 생각하며 운전한 결과다.

드디어 마의 24km를 넘었다. 2년 전쯤 딱 한 번 25km를
찍은 후엔 좀처럼 다다를 수 없는 벽이었는데 오늘 꿈같은
일이 벌어진 것이다. 아침에 집을 나설 때부터 가속페달 밟는
것을 자제했고 관성을 최대한 이용하려 애쓴 것이 주효했다.
급가속과 급제동을 줄이고 내리막길에서 가능하면 페달에서

발을 떼는 습관은 오랫동안 몸에 익은 터라 그리 어렵진 않았다. 하지만 무의식적으로 빨리 가려는 본성은 쉽사리 고치기 어렵다.

운전 경력 30년이 넘었지만, 아직도 운전은 쉽지 않다. 한때는 앞서가는 차를 용납할 수 없는, 마치 프로 레이서 같은 운전 실력을 자랑할 때도 있었는데 뒤따라 청구되는 과속 범칙금을 감당할 수 없었다. 규정 속도만 지키자는 베스트 드라이버 시절도 나쁘지는 않았으나, 13년 동안 25만km를 탄 경유 SUV 차량과 결별하고 지금 타는 하이브리드와 인연을 맺은 후부터 완전히 다른 운전 습관을 갖게 되었다. 연비를 높이기 위한 운전이 그것이다. 아내는 이제 나이도 있으니 중대형 차를 사라며 상당한 금액을 쥐어 주는 사랑을 보여 주었지만, 함께 근무했던 동료의 소형차 사랑을 보며 기름을 적게 쓰고 매연도 덜 나오는 차량을 구매하기로 이미 마음먹은 터였다. 차를 바꾸니 자연스럽게 운전 습관도 좋아졌다.

이렇게 스스로 만족하며 뿌듯한 마음으로 교문에서 아침맞이를 할 때, 선생님 한 분이 씩씩하게 교문을 걸어 들어와 출근 인사를 한다. 며칠 전, 10년 이상 탄 자동차를 고치며 평생 마지막 차라고 기를 죽이더니 그것마저 가능한 한 안 타고 싶다고 확인 사살을 한다. 그 선생님은 건강과 지구를 동시에 지키기 위해 자전거 출퇴근을 하다가 이제는 시외버스를 이용한다. 학교에서 일회용품을 없애고 실제적인 생태교육을 이뤄 내는 일도 앞장서서 실천한다. 기껏 연비 운전으로 자기만족과 생색을 해결하려는 속물과는 근본이 다르다. 그런 사람과 지내는 것이 자랑스럽다.

2023년 9월 13일

# 가장 아름다운 학교 풍경, 동행

9월 26일 아침 동행.

은은한 클래식 음악이 울리고 유치원 선생님의 아침 맨발 걷기가 시작되었다. 오늘도 지윤이가 동행한다. 에듀택시로 일찍 등교한 지윤이가 며칠 전부터 운동장을 걷더니 요즘은 먼저 인사를 건넨다. "짱구쌤! 안녕하세요?" 아이와 선생님이 함께 걷는 모습은 학교에서 볼 수 있는 가장 아름다운 풍경이다.

아침저녁으로 운동장을 찾는 맨발들이 늘었다. 운동장이 잘 정비된 학교로 입소문을 탄 후 걷기 애호가들이 조용히 모여들었다. 우리 직원들도 예외는 아니어서 자칭 '맨발걷기족'의 숫자가 이젠 제법이다. 아침, 점심시간, 퇴근 후 각자 적당한 시간을 내어 걷는다. 도란도란 정담을 나누며 멀리 노고단을 두고 걷는 모습이 참 여유롭다.

우리 학교에는 기획 회의가 없다. 작은 학교에서도 관례처럼 행하는 기획 회의에는 그 효율성에도 불구하고 누군가의 소외와 과정의 비약이 필연적으로 뒤따른다. 우리 학교는 2주마다 열리는 교원 다모임과 전체 교직원 월례 다모임을 축으로 하여 필요한 협의를 자연스럽게 이루는 틀을 유지한다. 주간 기획 회의를 없앤 초기에는 약간의 혼선도 있었지만 4년이 지난 지금, 소통으로 인한 어려움은 별로 느끼지 못

했다고들 말한다. 대의제가 효율적이지만 직접 참여하는 방식을 넘어설 수는 없다.

아이와 동행하며 걷는 아침 시간, 교장의 아침맞이에 일부러 나와 얘기를 건네주는 교감 선생님이 고맙다. 간밤의 안부에서부터 교직원과 아이들의 개인적인 어려움에 이르기까지 어떤 주제든 관리자들의 대화는 막힘이 없고 소소해야 한다고 믿는다. 혁신학교도 만만치 않은데 공모 교장의 무게까지 감당하느라 고생이 많다고 인사를 건네는 사람이 상당할 테지만, 교감 선생님은 씩씩하고 명랑하다. 그래서 더 고맙다. "수업에 들어가 보니 우리 선생님들의 수고가 더욱 고맙습니다." 보결 수업을 하고 나온 교감 선생님의 말씀이 믿음직하다. 우리는 동행이다.

2023년 9월 27일

# 아이들만 키우는 학교가 아니다

이름도 어려운 피라칸사스의 빨간 열매가 나무를 가득 채우는 겨울엔
인근 새들이 모두 이곳에 다 모인 듯 소란하다.
새들의 맛집이다. 목련 열매도 못지않다.

작년 초여름이던가, 지금은 퇴직하신 심 여사님이 멀쩡한
날씨에 우산을 쓰고 등교하시는 걸 보았다. "여사님! 뭔 일이
다요?" "아이고 이놈의 까치 땜에 못 살것소."

사연인즉, 여사님의 등굣길은 학교 앞 벚나무 터널을 지나

와야 하는데 그곳에는 사납기로 유명한 물까치들이 집을 짓고 산다. 겉보기에는 아름답고 멋진 물까치지만 떼 지어 다닐 때면 까마귀들도 줄행랑을 치는 쌈닭 중의 쌈닭이다. 이 녀석들 둥지를 지날 때면 특별한 주의가 필요한데 특히 어린 새끼가 있을 때 더 그렇다. 녀석들은 인간이 나타나면 서로 간에 주의보를 발령하고 이리저리 날뛰며 접근을 막는다. 그래도 접근하는 인간은 머리를 쪼고 도망가는 물까치의 공격을 감당해야 한다.

관사에서 잘 때면 아침에 너무도 일찍 깨어나는데 주로 새벽부터 일 나오는 어른들의 경운기 소리와 운동장을 휘젓는 온갖 새들의 지저귐 때문이다. 족히 10여 종은 넘어 보이는 새들이 종족별로 운동장을 분할하여 모여드는데, 다투지 않고 무언가를 쪼아 먹으며 하루를 시작한다. 비가 와서 물웅덩이라도 있으면 깃을 씻고 단장하는 새들의 아름다운 몸짓을 어렵지 않게 볼 수 있다. 관사에서 아침을 맞으며 누리는 특권이다.

원래 행정실 앞에 있었는데 지금은 이순신 동상 앞으로 옮겨 심은 피라칸사스는 참 멋진 나무다. 특히 겨우내 가지마다 가득가득 매달리는 빨간색 열매는 너무도 풍성하고 선명해서 눈길을 사로잡는다. 멀리서 지나가던 사람들이 교정에 들어와 무슨 꽃이냐고 물어보곤 한다.

사람들 눈에만 좋아 보이겠나. 새들도 이 나무 열매를 사랑하여 겨우내 인근 새란 새는 다 모여 떠들어 대는 '핫플'이 된다. 처음에는 가지가 보이지 않을 만큼 빽빽하게 달렸던 빨간 열매가 한 달쯤 지나면 서서히 듬성듬성해지다가 1월이 채 가기 전에 어느덧 한 개도 남김없이 탈탈 털리고 만다. 이 나무가 행정실 앞에 있었을 땐 성질 급한 새들이 유리창에 비친 열매를 향해 돌진하다 부딪쳐 생을 마감하는 일이 종종 있었다. 그들의 비명횡사는 여간 격렬한 게 아니어서 교장실에까지 요란한 소리가 들렸다. 안타까운 마음에 유리창에 맹금류 스티커 사진을 붙이기까지 했다. 이제는 너른 충무공 동상 앞으로 옮겨 그 우아한 자태를 맘껏 뽐낼 터이니 올해는 어떤 희생도 없이 모두가 행복한 겨울 '핫플'을 즐기리라.

생전 처음 보는 목련 씨앗도 새들이 좋아하는 먹이다. 우리 학교 목련은 겹목련으로 꽃잎이 풍성하고 오래가서 꽤 유명하다. 삼십여 그루에 달하는 목련나무에 꽃이 만개하는 봄철이면 사진기를 들고 찾는 사람이 많다.

목련뿐 아니라 무화과, 단감, 꽃사과, 석류, 비파, 산수유, 매실 등 학교 곳곳에는 갖가지 과실수가 적당한 무관심으로

건강하게 자라 온갖 새들을 키운다. 아이들만 키우는 학교가
아니다.

2023년 9월 30일

# 최고의 날

시모나 치라올로의 《할머니 주름살이 좋아요》에서 가장 좋아하는 장면을 따라 그려 보았다.
어두컴컴한 바닷가와 상처받지 않은 청춘들의 웃음이 극명하게 대비된다.

아이들이 좋아하는 그림책도 있지만 읽는 내가 더 좋아하
는 그림책도 있다. 시모나 치라올로의 《할머니 주름살이 좋
아요》가 그렇다.

"내 인생 최고의 장면은 바닷가 소풍이란다." 이탈리아의

어느 바닷가에서 여름밤을 함께 보낸 그때의 10대 친구들은 모두 할머니가 되었을 것이다. 현재는 남루했고 정해지지 않은 미래는 두려웠지만 싱그러운 청춘들은 함께 웃을 수 있어 견딜 만했다. 주름 가득한 할머니의 생신날, 주름살이 궁금한 손녀에게 인생 최고의 날들을 이야기하는 여든의 할머니는 아름답다. 할아버지를 처음 만난 날, 딸을 낳은 날, 딸이 결혼한 날, 웃음과 행복 가득한 날에 생긴 주름살이 부끄럽지 않다.

아이들에게도 물어봤다. "네 최고의 날은 언제였어?" 생일날, 자전거 생긴 날, 동생 태어난 날, 해외여행 간 날, 워터파크 놀러 간 날, 첫 뷔페 간 날……. 아이들 이야기를 듣고 나도 '짱구쌤 용방 최고의 장면들'을 이야기했다.

## 코로나 속 첫 등교일

교장으로 부임해 첫 출근을 했지만, 코로나 여파로 학교에는 아이들이 없었다. 석 달 가까이 온라인 수업이 계속되고, 정기적으로 찍어서 올리는 그림책 읽어 주는 영상이 아이들과 유일한 소통이었다. 마침내 5월 29일 등교 개학일, 에듀버스에서 내리는 아이들과 첫인사를 나누던 때가 생생하다. 한명 한명 무사한 그들이 얼마나 고맙던지.

## 2020년 섬진강 자전거 마라톤

가을에 시작한 교장 자격연수 기간에 하필 자전거 마라톤 하는 날이 끼어 있었다. 2학년들과 한 학기 동안 연습했던 자전거를 함께 못 타게 되니 아이들도 나도 여간 서운한 게 아니었다. "짱구쌤은 그날 왜 못 와요? 그럼 우린 누구하고 타요?" 안 되겠다 싶어 담당자에게 양해를 구해 오전 연수를 빠지기로 했다. 못 올 것 같던 짱구쌤의 깜짝 출현을 가장 반긴 것은 역시 아이들이었다.

가을바람은 살랑거리고, 하늘은 눈부시게 푸르고, 서시천은 반짝거리고, 아이들의 웃음소리는 드높았다. 마치 생의 어떤 절정 같은 날이었다.


## 용방 공간혁신 보고의 날

기다리고 기다렸더니 마침내 그날이 찾아왔다. 우리가 오래 꿈꿔 왔던 용방 공간혁신 기본 설계도를 공개하는 날. 사전 기획, 공간혁신 워크숍, 인사이트 투어, 건축 수업과 토론 등을 통해 구상한 세상에 없던 학교를 드디어 소개하는 날. 전문성과 열정으로 똘똘 뭉친 건축사무소 〈오즈앤엔즈〉 최혜진 소장이 말했다. "최고 전문가의 일필휘지로 그려질 수는 없습니다. 우리가 함께 만든 학교입니다."

기대를 뛰어넘는 아름다운 학교, 세상에 하나뿐인 학교가 그곳에 있었다.

2023년 10월 14일

# 이런 호사쯤은 누리셔야죠

여느 학교에서나 볼 수 있는
이순신 장군상이 노고단을 바라보며 늠름하게 서 있다.
아마도 세상에서 가장 멋진 '뷰 맛집'에 자리 잡은 충무공일 것이다.

브라질의 대표 도시 리우데자네이루를 굽어보는 거대한 그리스도상을 한 번쯤은 사진으로라도 본 적이 있을 것이다. 세상에서 가장 멋진 풍경을 품은 예수님으로 유명해서 전 세계 수많은 관광객을 불러 모은다. 고난을 넘어 축복의 상징이 되어 주기를 바라는 사람들의 소망이 담겼을 것이다. 중국의 공자상이나 우리 산사의 불상에도 그러한 바람이 담겼을 테지만, 생(生)에서도 사(死)에서도 군상들의 욕망과 질곡을 짊어져야 하는 성인들의 무거운 어깨가 짠해지기도 한다(누가 누구를 걱정하는지).

　충무공의 어깨도 다르지 않다. 그의 지략과 단심을 나눠 가지려는 후손들의 욕심은 끝이 없어서 수많은 학교와 공원에, 사람들이 모이는 광장에, 심지어 음침한 사당에 가둬 두기까지 한다. 얼마나 답답하고 갑갑했을까? 마음 같아선 높은 단에서 내려 편안한 의자에 앉혀 드리고, 그토록 지키고자 했던 조국의 산하를 편안하게 바라보게 하고 싶다.

　우리 학교를 세우는 데 큰 공헌을 한 분들의 공적비가 충무공 동상 옆에 있다. 이렇게 너른 들판에, 노고단이 훤히 보이는 풍광 좋은 곳에 터를 잡고 배움터를 연 이들의 선견지명에 고개 숙여 감사 드린다. 그들은 종잣돈을 댄 이동춘 님과 오씨 부인, 십시일반 뜻을 모은 용방면민들이다. 너른 들판 가운데 있었을 팽나무를 중심으로 그 주위 50마지기 논이 사람들의 울력으로 운동장과 교사로 바뀌었다. 멀리까지 걸어 학교에 다녀야 하는 수고가 줄어들자 배움에 주린 인재들이 구름처럼 몰려들었다.

다행스럽게 오래전 비석과 동상을 세운 분들은 앞이 탁 트여 멀리 지리산의 편안한 능선이 한눈에 보이는 곳에 자리를 만들었다. 다른 충무공 동상과 달리 유난히 귀여운 얼굴을 한 우리 학교 충무공 동상은, 내가 아는 한 가장 편안한 곳에서 여생(?)을 보내고 있다. 당연히 이런 호사쯤은 누리셔야 하지 않겠는가.

1940년 개교하여 한때 전교생 1,100명이 넘었던 교정은 60명이 다니는 작은 학교로 변했다. 그리고 이제 다시 새로운 80년을 향하여 도약하려 한다. 미래를 향한 우리 발걸음은 그래서 절박하다.

2023년 10월 16일

# 나는 언제쯤 어른이 될까

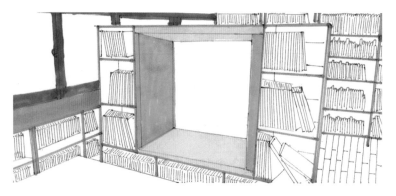

도서관 노란 매트가 텅 비었다. 점심시간, 방과 후엔 늘 해란(가명)이 차지였는데
엊그제 갑작스러운 전학으로 이젠 주인을 잃었다.


"짱구쌤, 해란이 누나가 막 욕해요."

2학년 꼬마가 불쑥 교장실에 들어와 하소연한다. 도서관
으로 달려가니 노란 매트를 차지한 해란이가 아무렇지 않은
듯 책을 보고 있다.

"해란아! 동생들한테 욕하면 쓰나? 좋게 말해라."

"네."

교장실로 돌아와 앉기도 전에 그 2학년 꼬마가 다시 달려 온다. 또 누나가 욕한다는 말에 이번엔 큰소리가 나간다.

"교장실로 와!"

교장실에 온 해란이가 묻는다.

"얼마나 있어야 해요?"

"10분."

교장실에 잠시 앉아 있던 해란이는 내가 결재를 위해 모니 터를 보는 사이 밖으로 나가 돌아오지 않는다. 도서관에 가 보니 천연덕스럽게 그 노란 매트에 앉아 책을 보고 있다.

"해란아, 교장실로 다시 와!"

"왜요? 아무 말도 안 하면서."

"교장실에 가서 말하자."

"여기서 하세요. 잘 알지도 못하면서 훈수만 하잖아요?"

"훈수 안 하고 지도할 거야."

"지도 안 받으면 어떻게 되는데요?"

"지도를 안 받으면 전학을 가야 할지도 몰라."

"안 그래도 전학 갈지 몰라요."

아버지 전직으로 전에 살던 곳으로 다시 가야 한다고 했 다. 해란이는 학년 초에 전학을 왔는데 여러모로 힘들어했다.

6학년에 갑작스레 전학을 왔으니 친구가 있을 리 없고, 도시에만 살았던 아이에게 구례는 너무 따분한 곳이었을 것이다. 그러던 차에 통학차를 함께 타던 하급생과 말다툼이 커져서 아빠까지 학교에 오게 되었으니 이래저래 정붙이기 힘든 학교라 생각했을 것이다. 다행히 여름방학에 들어갈 때쯤 진정이 되었고 개학과 함께 한층 맑은 모습으로 등장해 다행스러웠다. 2학기 초부터는 유독 도서관에 있는 시간이 많았고, 특히 그 노란 매트에서 하이틴 소설 같은 책을 보는 모습이 자주 눈에 띄었다. 자기만의 아지트가 되어 준 그곳에서 열세 살 청춘을 다독이고 있을 때, 그 평화를 깨트리는 개구쟁이들에게 좋은 말이 나갈 리는 없었을 테다. 그럴 때마다 고학년인 자신만 야단치는 어른들이 뭘 모르고 훈계만 하는 답답쟁이로 보였을 것이다.

1학기 그 다툼이 있었을 때 해란이와 대화를 하며 많이 놀랐다. 나를 포함하여 어른들의 말을 잘 믿지 않았고, 어른들의 말투를 많이 흉내 내는 것 같았다. 조곤조곤 따지는 모습에 당황했고, 차분하게 해란이를 설득하지 못하는 나에게 화가 났다. 그럴 때마다 나는 그 아이의 말투나 태도를 지적하면서 대화의 주도권을 잡으려 했다. 한심했다. 나는 언제쯤 어른이 될까?

"해란아! 짱구쌤이 아직 제대로 사과도 못 했는데 가 버렸구나. 그곳 도서관에도 노란 매트가 있으면 좋겠다."

2023년 10월 19일

# 내 인생의 음악 편지를 그대에게

반 클라이번 콩쿠르에서 18세에 최연소 우승을 차지한 천재 피아니스트 임윤찬.
깊이를 알 수 없는 음악가의 연주는 클래식을 잘 모르는 나에게도 넘치는 감동을 준다.

## 해 보고 싶은 일

딱 내가 해 보고 싶은 일들이다. 가르치는 일을 무사히 마
치고 퇴직하기, 음악 매일 듣기, 좋은 사람들과 가끔 술 마시
기, 애틋한 사람들과 편지 나누기, 시골집에서 마음대로 살

기, 읽고 쓰기, 그리고 《우리가 하려고 했던 그 거창한 일들-내 인생의 음악 편지》처럼 여러 사람을 부추겨 정년퇴직 기념 책 출판까지, 어느 것 하나 빠트릴 수 없다.

이종민은 전북대 영문과 교수, 전주한옥마을 문화기획가, 시민사회활동가로 활동하다가 정년퇴직을 앞두고 지인 116명에게 '내 인생의 음악 편지' 원고를 받아 책을 출간하였다. 각자의 인생 스토리가 깃든 음악을 소개하는 편지는 그 수량만큼이나 다양한 장르를 포괄한다.

내가 퇴직하면 해 보고 싶은 일이다. 아무도 읽지 않을 기념 문집보다는 그간 나와 만나온 사람들의 사는 이야기를 모아 공유하면 좋겠다고 생각했는데, 그는 벌써 실행에 옮겼다. 두 발쯤 늦은 셈.


## 송창식

매일 두 시간 이상 음악을 듣지 않고서는 잠들 수 없을 만큼 음악을 사랑한다. 그 싹은 중고등학교 때 집에서 들은 포크 음악일 것이다. 음악을 좋아했던 아버지는 늘 라디오와 오디오를 켜 놓으셨다. 아버지의 그런 취향을 자연스레 이어받은 대학생 형도 항상 음악을 들었고, 그걸 뭣 모르는 동생이 또 따랐다. 아침부터 저녁까지 집 안에 끊이지 않은 음악은 80년대 사회적 분위기를 반영하듯 거의 포크, 민중 음악, 국악 장르였다. 그중 내가 가장 좋아했던 것은 송창식의 음악이다.

지금도 내게 최고의 음악가는 단연 가객 송창식이다. 그의 노래는 다 좋은데, 특히 〈나의 기타 이야기〉를 좋아한다. 드라마 같은 가사, 쉬운 멜로디, 내지르지 않는 목소리 그리고 한국 최고 기타리스트 함춘호의 반주까지, 들어도 들어도 질리지 않는 '최애곡'이다.

지금도 형은 나주 근교 주택에서 원 없이 음악을 들으며 살고 있다.


## 메르세데스 소사

형의 취향을 따르다 보니 해외 음악은 조안 바에즈와 사이먼 앤 가펑클, 비틀스 정도로 한정되어서 남들 다 듣는 팝송을 그리 좋아하진 않았지만, 아르헨티나의 전설적 민중 가수 메르세데스 소사의 노래는 즐겨 들었다.

메르세데스 소사의 음악은 선명성, 간결성, 전투성이 민중 음악의 고갱이라는 생각에서 점차 서정성과 대중성을 갖춘 방향으로 옮아갔다. 그녀가 독재 정부를 피해 시작한 프랑스 망명 생활을 청산하고 목숨을 건 귀국을 결행하여 1982

년 부에노스아이레스에서 연 콘서트는 그 자체로 저항이자 승리의 축제였다. 콘서트의 백미는 〈Gracias A La Vida(삶에 감사해)〉이다. 남미 원주민의 정서와 철학이 고스란히 녹아 있는 이 노래는 민중 음악이 닿을 수 있는 가장 높은 경지에서 그녀의 절창으로 폭발한다.

## 인디 음악

〈명동 콜링〉은 요즘 가장 많이 듣는 곡이다. 크라잉넛의 원곡을 카더가든이 새로 불렀다. 본명 차정원을 그대로 영어로 옮긴 'Car the garden'은 다소 거칠어 보이는 외모와는 정반대로 감미로운 음색을 들려준다. 고음 경연장이 되어 버린 노래 경연 프로그램이 난무하는 때에 그의 잔잔한 목소리가 돋보인다.

예전에는 인디 음악을 특수한 장르라 생각해서 마니아들만 좋아할 거라며 내 무지와 무관심을 합리화했다. 하지만 묵묵히 자기 음악을 만들고 부르는 이들이 없었다면 우리 음악 세계가 지금 얼마나 삭막했을까. 너무 늦게 알게 된 아쉬움에 뒤늦은 애정을 쏟는 중이다. 관사 앞 정자에서 가끔 지인들과 모이는 밤에는 어김없이 인디 음악을 선곡하는데, 그 분위기와 딱 어울린다.

## 국악

국악은 주로 판소리와 국악관현악 같은 연주 음악 위주로만 들었다. 가끔 조공례의 남도들노래 같은 민요나 요즘 뜨는 두 번째 달, 이날치 밴드 같은 팀의 크로스오버 국악도 들었지만, 시조나 가곡은 영 귀에 들어오지 않았다. 편식했던 셈이다.

요즘은 매일 5시 클래식FM 〈FM 풍류마을〉을 통해 다양한 국악을 듣고 있다. 그래서 알게 된 곡이 바로 강권순의 〈산천초목〉이다. 제주 민요를 편곡한 이 곡을 처음 들었던 순간이 선명하다. 차를 멈추고 노래가 끝나고도 한참을 멍해 있으면서 내 음악 취향이 한층 넓어질 것을 직감했다. 여창 가곡의 대표주자인 강권순의 목소리는 서양 오페라 아리아의 어떤 유명한 프리마돈나의 목소리와 견주어도 뛰어나다. 구례 향교의 풍류객 김정복 학장의 표현을 빌리면 '세상에서 가장 아름다운 목소리로 노래하는 사람'이다. 오늘 그 목소리를 불과 1m 앞에서 한 시간 내내 듣는 호사를 누렸다. 천년 된 은행나무 아래에서 강권순 명인의 절창이라니, 살면서 이런 놀라운 일도 일어난다.

## 클래식

클래식을 몇 년째 듣고 있지만, 누구처럼 딱 들으면 작곡가가 누구인지 구별해 내는 건 잘하지 못한다. 막귀다. 그런 '클알못'인 내게 제대로 클래식의 맛을 알게 해 준 이는 임윤찬이다. 반 클라이번 콩쿠르에서 최연소 우승을 거머쥐고서 18세 청년 피아니스트는 "산에 들어가 피아노만 치고 싶다."라고 말했다. 리스트, 모차르트, 라흐마니노프의 난도 높은 곡을 열정적으로 연주한 그의 콩쿠르 영상은 많은 이들을 클래식에 입문하게 하였다. 콩쿠르에서 얻은 명성으로 각국을 돌며 연주회를 다니면서 매번 다른 곡들에 도전하는 이 순수 국내파 연주자를 어찌 사랑하지 않을 수 있으랴.

임윤찬이 홍석원의 광주시향과 협연한 베토벤 피아노 협주곡 5번 〈황제〉는 다시 한번 왜 임윤찬인가를 증명한다. 변방의 광주시향을 굴지의 오케스트라로 키워 낸 역량 있는 지휘자 홍석원과 노력하는 천재 피아니스트 임윤찬이 찰떡 호흡으로 빚어낸 연주는 최고의 행복을 전파한다.


아무리 생각해도 나는 평생 음악 들으며 살 것 같다.


2023년 11월 1일

# 더 나은 선생이 되어야 한다

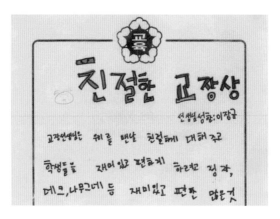

"교장 선생님은 우리를 맨날 친절하게 대해 주고 학생들을 재미있고
편하게 하려고 정자, 데크, 나무 그네 등 재미있고 편한 많은 것들을 만들어 주시고
저희가 차를 마시러 올 때 온갖 준비를 해 맞아 주셔서
고마운 마음을 담아 이 상장을 드립니다."
2022년 5월 13일 금요일 3학년 콩깍지반 강지석

유독 착한 우리 용방 아이들

지난해 스승의 날을 앞두고 교장실에 찾아온 지석이가 건
네준 상장이다. 다소 엄숙한 표정으로 상문을 읽고 정중하게
상장을 전달한 후 '쿨하게' 가 버린다. 매일 아침 두 형제가

아빠 차에서 내려 쌍둥이처럼 장난치며 뛰어가는 모습이 언제나 정겨웠는데, 올봄 갑작스러운 전학 소식에 많이 서운했다. 교장실 벽면 가장 잘 보이는 곳에 상장을 걸어 놓고 매일 읽으며 다짐한다. '그래, 난 친절한 교장이야.'

외부에서 우리 학교를 찾은 강사분들은 하나같이 우리 아이들의 순수함과 열의를 칭찬한다. 여느 초등학생들과는 달리 잘 집중하고, 감탄한다고. 팔불출 교장이라 흉볼까 봐 우리 아이들 자랑은 최대한 자제하고 있지만, 보기 드물게 착한 아이들이 우리 용방에는 정말 많다고 늘 생각한다.


## 열정 넘치는 우리 선생님들

저녁 7시, 선생님들이 준비한 김밥으로 저녁 식사를 한 아이들이 윤주옥 작가와의 만남을 위해 다목적 교실에 모였다. 지리산 지킴이 윤주옥 작가는 반달가슴곰 복원사업 20주년을 앞두고 인간과 야생동물의 공존은 어떻게 가능할지 고민하게 하는 책,《오삼으로부터》를 펴냈다.

"어둠이 걸어오고 있었어요." 지리산 지킴이 윤주옥 작가의 말에 아이들은 숨을 죽였다. 교실 안은 지리산과 반달곰 오삼이 이야기로 가득했고, 늦은 시간 그곳을 지킨 이들의 마음은 뭔지 모를 감동으로 출렁였다. 아이들 배움 앞에서는 밤낮과 휴일을 가리지 않는 우리 학교 선생님들 덕분에 교장인 나도 잘 배웠다.

열정 넘치는 우리 선생님들은 잘 짜인 교육과정과 번듯한 교육 시설로 채울 수 없는 미래형 혁신학교, 용방의 자랑이다.


## 아직도 내 꿈은 좋은 선생님

법정 스님은 조계산 불일암에서 강원도 산골 오두막으로, 거기도 모자라 두 평 귀틀집으로 옮겨 가며 생활했다. 스님은 번잡함과 나태함이 생길 것을 경계하고 더 나은 수행자가 되리라 다짐하며 이렇게 말했다.

"나는 이 새로운 거처에서 더욱 단순해지고, 더욱 진실해지고, 더욱 순수해지고, 더욱 온화해지고, 더욱 친절해지고, 더욱 인정이 깊어지고자 노력할 것이다."

나는 곧 새로운 거처로 건너갈 시기를 앞두고 있다. 그리고 아직도 내 꿈은 좋은 선생님이다. 더 나은 선생이 되어야 한다.

2023년 12월 27일

# 20년 전 약속

서 우리가 나눈 얘기와 추억들이 비록 다 잊혀 차가
운 연탄재로 남는다 해도 그 시절 서로에게 뜨거웠던
우리들이기에 함부로 살지는 않을 것입니다.

2024년 1월 1일 오후 1시, 영암초등학교 운동장에서
만납시다. 모두 건강해야 합니다. 나 역시 건강하겠습니
다. 서른다섯 명, 여러분과 함께 2004년 한해 참 행
복하였습니다.              **2005. 1. 8. 이장규**

- 128 -                                      2004

《어깨동무 14호》는 2005년 1월 8일에 발행한 학급문집이다.
담임 인사말 마지막에 20년 후에 만나자는 제안을 했다. 시간이 흐르고 약속한
2024년 1월 1일 1시 영암초 운동장에서 아이들을 만났다. 동화 같은 일이었다.


## 두 가지 약속

20년 전, 2004년 영암초 6학년 2반 35명은 유난히 활발
했고 다른 반이 부러워할 만큼 우애도 깊었다. 2005년 2월
졸업식을 마치고 마지막으로 교실에 모인 아이들에게 담
임인 나는 말했다. "두 가지를 약속합시다. 첫째는 20년 후
2024년 1월 1일 1시에 이곳 영암초 운동장에서 만나는 겁니

다. 둘째는 그때까지 살아 있어야 합니다. 살아 있으면 좋은 날 올 테지요." 그리고 20년이 쏜살같이 흘렀다.

진짜로 만날 줄은 몰랐다. 이틀 전, 은지가 블로그에 댓글을 달 때까지는 말이다. "그날 만나는 거지요?"


## 동화 같은 만남

2024년 1월 1일 1시 정각에 맞춰 영암초 후문 주차장에 도착했을 때 먼발치에서 한 무리가 환호성을 질렀다. 가슴이 뛰었다. 웃음만 나왔다.

어제부터 외우기 시작한 아이들의 이름을 떠올리며 한 명씩 이름을 불러 주려 했는데 처음부터 막혔다. 주섬주섬 이름을 말하다 머리가 하얘졌다. 결국은 20년 전《어깨동무》의 도움을 받아 겨우 이름을 모두 불러 주었다. 열여덟 명이 모일 줄이야. 희재, 훈, 미연아! 미안하구나. 너희도 나만큼 나이 먹어 봐라.

묻어 두었던 타임캡슐을 찾겠다고 두현이가 삽까지 챙겨 왔지만, 그 자리에 다른 구조물이 들어서 있어서 포기했다. 하지만 우리 마음속 타임캡슐이 어느새 우리를 20년 전으로 소환했다. 우리는 교정을 거닐며 그때처럼 단체 사진을 찍었다.

선약이 있던 찬영이를 먼저 보내고 20년 전 그대로인 우정회관으로 자리를 옮겨 늦은 점심을 먹었다. 호주의 에바다, 미국의 수지와는 영상통화를 했다. 카페로 자리를 옮겨 못다 한 이야기를 나누던 중 보람이가 왔고, 부지런한 유리와 수영이 덕에 20년 만에 서로에게 마음을 전하는 롤링페이퍼를 썼다. 참석 못 한 친구들 소식을 공유하고, 다음 달 결혼하는 용빈이가 쏜 2차 음료를 즐기며 회포를 풀었다. 20년 전 그 모습 그대로 떠들고, 웃고, 진지한 이야기도 하며 즐거운 시간이 흘러갔다. 아깝고도 아까운, 붙잡아 두고 싶은 시간이 그렇게 빠르게 흘러갔다.

## 다시 20년을 향해

가슴에 소중한 시간의 온기를 담고 다시 저마다 일터로 돌아갔다. 멀리 강원도로, 서울로, 수원과 창원, 청주로, 광주, 전주, 영암으로, 나는 순천으로.

저마다의 20년을 어찌 늙은 스승이 다 헤아릴 수 있을까. 다만, 누구나 최선의 20년이었음을 의심치 않는다. 그것이 고맙고, 그것이 기적임을 느낀 하루였다. 오늘이 새로운 20년을 견디며 나아가게 할 힘이 되어 줄 것이다.

멋진 제자들! 와 줘서 고마웠다. 오늘 못 온 친구들도 마음만은 전부 전달받았다. 다음에 또 만날 때까지 건강하게 살자. 그때는 한잔하면 더 좋겠다. 난 행복한 선생이다.

2024년 1월 1일

# 온 마음을 다해, 최고의 수업

국어 / 4학년 / 오선영 선생님 / 2022. 11. 23.
수업 주제 : 《나의 린드그렌 선생님》 온 책 읽기

### 내 아이도 여기에 있었으면

《나의 린드그렌 선생님》을 함께 읽고 엄마와 주인공 비읍이의 마음을 살펴보는 수업은 내내 즐거웠다. 너나 할 것 없이 배움 앞에 두려움 없는 아이들, 교실에서 누구보다 솔직한 선생님, 배움을 지원하는 시스템, 그리고 웃음과 진지함이 알맞게 조화로운 교실. 이미 다 자라 어쩔 수 없지만, 두 아들이 이 교실에서 배울 수 있었다면 참 좋았을 텐데……, 내내 그런 마음이었다.

### 수업의 목표를 훌쩍 넘어서는 순간

혜진이는 "아침이니까 참는다."라는 말의 뜻을 궁금해했고, 아이들과 엄마들은 알기 쉽게 그 뜻을 나름대로 설명했다. 역할극으로 비읍이와 엄마의 진심을 표현하였고, 서로에게 쓰는 편지와 시로 마음을 나누었다.

수업이 끝날 때쯤 일이 있어 나오는 바람에 마지막에 엄마들의 편지 낭독 때 교실이 온통 눈물바다를 이루었다는 이야기는 나중에 전해 들었다. 스스로조차 어쩌지 못하는 '마음이 아픈' 사춘기를 지나는 아이들, 응원의 마음과는 딴판으로 헛나가는 엄마의 말들이 교실 가득 울려 퍼졌단다. 우리가 수업을 통해 이루고자 하는 목표를 훌쩍 넘어서는 그 순간을 못 봐서 아쉽다.


### 두고두고 그리워할 순간

오늘 수업에서 선생님은 속내를 감추지 않고 자주 드러내며 아이들 속으로 들어가고자 했다. 선생님이 직접 딸들에게 쓴 편지 중에서 "엄마는 그냥 부족한 사람일 뿐이란다. 하지만 너를 키울 때는 진심이었어. 온 마음을 다했어."라는 부분도 그 마음의 일단이다. 그리고 어디 엄마들 마음만 그렇겠는가? 나 역시 무뚝뚝한 남편으로서도, 서툰 원칙만을 앞세웠던 아빠로서도 부족한 시간을 보냈다.

나는 학교를 아이들과 어른이 배우고 가르치며 '모두가 더 나은 사람이 되기 위해 성장하는 곳'이라고 정의한다. 성장하려면 낮추어야 하고 진실해야 한다고 믿는다. 빛나는 청춘들과 진실한 선생님이 만들어 가는 시간은 지나갈 테지만 두고두고 그리워할 순간이 될 것이다. 최고의 수업을 보았다.

# 넘치지도 부족하지도 않은,
# 딱 좋은

체육 / 5학년 / 조수정 선생님 / 2023. 7. 5.
수업 주제 : 근력과 근지구력 기르기

## 웃음과 에너지 가득한

전 시간에 수학 수업을 했다고 들었는데, 그런데도 아이들은 활력 넘쳐 보였다. 선생님은 건강 확인을 마치고 준비운동을 시킨 다음 곧바로 본 수업 안내를 했다.

이론과 기본 운동, 심화 응용까지 체육 수업의 골격이 자연스러웠다. 안내는 충실하게 만든 자료를 통해 주지시키고, 시범은 탄탄한 기본기를 갖춘 선생님이 아이들에게 맞춤하여 보여 주었다.

팀이나 짝을 이루어서 하는 활동도 혼란스럽지 않았는데, 특히 혼자 하는 맨몸운동(런지, 스쿼트)이 오늘 수업의 중심을 잡았다. 나중에 하는 놀이는 본말을 전도시키지 않을 정도로 알맞았다.

활력 넘치는 아이들의 행동이 과도하지 않고 적당한 것은 단정한 격과 노하우를 두루 갖춘 선생님 덕이다. 부족하지도 넘치지도 않은 딱 좋은 '케미'. 두 칸의 다목적실이 내내 웃음과 에너지로 가득했다.

### 변함없이 야무지고 따뜻한

선생님과 나는 30년 넘게 알고 지낸, 교육대학 선후배 사이다. 하여 이곳 용방초로 부임할 때 후배에게 부끄러운 사람이 되지 말자는 다짐을 했고, 지금도 그 다짐은 유효하기에 누구보다 조심스럽다. 대학 시절 처음 봤을 때부터 야무졌던 신입생 후배는 30년이 훌쩍 지난 지금까지 변함없이 야무지고 세상에 따뜻하다.

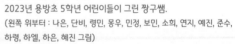

2023년 용방초 5학년 어린이들이 그린 짱구쌤.
(왼쪽 위부터 : 나은, 단비, 령민, 몽우, 민정, 보민, 소희, 연지, 예진, 준수,
하령, 하엘, 하은, 혜진 그림)

"어린이는 내일의 희망으로만
존재하는 것이 아닙니다. 이들은
지금, 여기 이미 존재합니다."


– 야누슈 코르착